青春的荣耀·90后先锋作家二十佳作品精选

高长梅　尹利华◎主编

两粒种子，
一片森林

王黎冰 著

九 州 出 版 社　全国百佳图书出版单位
JIUZHOUPRESS

图书在版编目（CIP）数据

两粒种子，一片森林 / 王黎冰著. –– 北京：九州出版社，
2013.5（2021.7 重印）

（青春的荣耀：90 后先锋作家二十佳作品精选 / 高长梅，
尹利华主编）

ISBN 978-7-5108-2140-0

Ⅰ.①两⋯ Ⅱ.①王⋯ Ⅲ.①中国文学 – 当代文学 –
作品综合集 Ⅳ.①I217.2

中国版本图书馆CIP数据核字（2013）第113808号

两粒种子，一片森林

作　　者　王黎冰　著
出版发行　九州出版社
地　　址　北京市西城区阜外大街甲35 号（100037）
发行电话　（010）68992190/2/3/5/6
网　　址　www.jiuzhoupress.com
电子信箱　jiuzhou@jiuzhoupress.com
印　　刷　北京一鑫印务有限责任公司
开　　本　720 毫米 × 1000 毫米　16 开
印　　张　10
字　　数　130 千字
版　　次　2013 年 6 月第 1 版
印　　次　2021 年 7 月第 5 次印刷
书　　号　ISBN 978-7-5108-2140-0
定　　价　38.00 元

小荷已露尖尖角（代序）

高长梅

长江后浪推前浪，是自然规律，也是文学发展的期待。

80后作家曾风光无限——韩寒、郭敬明、张悦然等大批80后作家已成为中国当代文学的生力军，他们全新的写作方式、独特的语言叙述，受到了青少年读者的追捧。

几年前，随着90后一代的成长，他们在文学上的探索也逐渐进入人们的视野。

2006年，《新课程报·语文导刊》（校园作家版）创办时，我在学校调研，中学生纷纷表示，希望报社多关注90后作者，多培养90后作家。那年年底，我在南昌参加中国小说学会小小说年度排行榜评选时，与学会领导和专家聊起90后作者的事，副会长兼秘书长汤吉夫教授对我说：看现在的小说创作，80后势头很猛，起点也高，正成为我国小说创作的生力军，越来越受到文学评论界的重视。你有阵地，就要多给现在的90后机会，文学的天下必定是属于新一代的。副会长、著名散文家、文学评论家雷达博导，副会长、著名文学评论家李星编审都高兴地表示，今后会逐渐关注这些90后的孩子，还表示可以为他们写评论。2007年年底，中国小说学会在报社召开中国小小说年度排行榜评选会议，几位领导还专门询问90后作者的创作情况。

2009年，著名作家、茅盾文学奖获得者、解放军总后勤部创作室主任周大新到报社指导，听到我们介绍报社非常重视90后作者的培养，而90后作者也正展现他们的文学天分，报社准备出版一套90后作者的作品选时，周主任静下心来仔细翻阅那套书的部分选文，一边看一边赞不绝口，并表示有什么需要他做的他一定尽力。周主任的赞赏让我们备受鼓舞，专门在报上开设了《90先锋》栏目。这个栏目一推出，就受到90后作者、读者的欢迎。

2010年，著名报告文学作家、学者，中国图书奖、五个一工程奖、鲁迅文学奖获得者王宏甲到报社指导，见到报社出版的《青春的记忆·90后校园文学精选》及报上的《90先锋》专栏文章，大为赞赏，并称他们将前程无量。之后不久，我们决定出版《青春的华章·90 后校园作家作品精选》。这套书收入18 个活跃的 90 后作者的个人专集，也是 90 后第一次盛大亮相。曹文轩、雷达等为高璨作序，著名文学评论家李少君、张立群为原筱菲作序，著名评论家胡平为王立衡作序。此外，还有一大批中国作家协会会员如刘建超、蔡楠、宗利华、唐朝晖、陈力娇、陈永林、邢庆杰、袁炳发、唐哲（亦农）、孟翔勇、倪树根、李迎兵、杨克等都热情地为 90 后作者作序推荐。他们在序中都高度评价了这些 90 后作者的创作热情、创作成绩。当然也客观地指出了一些值得注意的问题。

90 后作者的成长也引起了文学界的重视，他们当中不少人都加入了省级作家协会，尤其是天津的张牧笛还于 2010 年加入了中国作家协会。他们以自己的灵气、勤奋，正逐渐走向中国文学的前台。

张牧笛、张悉妮、原筱菲、高璨、苏笑嫣、王立衡、李军洋、孟祥宁、厉嘉威、李唐、楼屹、张元、林卓宇、韩雨、辛晓阳、潘云贵、王黎冰、李泽凯等无疑是这一代的代表。这其中我特别欣赏原筱菲。她不仅诗歌、散文等写得棒，美术作品别有特色，摄影作品清新可人。在报刊发表文学作品、美术作品、摄影作品 2700 多篇（首、件）。还有苏笑嫣。不仅诗歌写得好，小说也受评论家的好评。尤为可贵的是，她完全依靠自己的能力行走文学，却不去借助自己父母的关系走丁点捷径。还有张元。一个西北小子，完全凭自己对文学的执着，硬是趟出自己未来的文学之路。还有韩雨。学科公主，加上文学特长，使得她如鱼得水。

著名文学评论家白烨曾发表文章将 40 岁以下的青年作家群体细分为"70 年代人"、"80 后"和"90 后"。他评价，90 后尚处于文学爱好者的习作阶段。从创作来看，青年作家普遍对重大历史事件有所忽视，对重要的社会问题明显疏离，这使他们的作品在具有生活底气的同时，缺少精神上的大气。不过，在他看来，这些年刚刚崭露头角的 90 后有着不输于 80 后的巨大潜力。（转引自《南国都市报》2012 年 9 月 18 日）

但不管怎样，成长是他们的方向，成长是他们的必然结果。

这次选编这套书，就意在为 90 后作家的茁壮成长播撒阳光，集中展示 90 后作家的创作实力。我们相信，只要 90 后的小作家们能沉下心来，不断丰富自己的阅读以及丰富自己的社会积累，努力提升自己写作的内涵，未来的文学世界必然会有他们矫健的身影和丰硕的成果。

我们期待着，读者也期待着！

第一辑

满纸惊妙语

第一辑

满纸惊妙语

"牛哥"之谜

巴蜀川西北，秀美牛角村，满目青山含黛，处处阡陌披绿。

偏僻的牛角村粉墙黑瓦，鸡犬相闻，天地葱郁，风光旖旎，竟有辛弃疾笔下的"茅檐低小，溪上青青草。醉里吴音相媚好，白发谁家翁媪？大儿锄豆溪东，中儿正织鸡笼；最喜小儿无赖，溪头卧剥莲蓬"的古典诗韵与田园美景。

但见今日的牛角村，半山腰，一幢幢风貌独特的川西北农家小院，错落有致地掩映在郁郁葱葱的竹树丛中；村庄内，一条条清爽洁净的村中道路，纵横交错于硕果累累的园林之间；田地里，满怀喜悦的村民们忙碌地穿梭在瓜果飘香的菜园、果林里；房屋内，电气化、太阳能设施设备一应俱全……

民国县志曾记载："巴蜀梓州北有山村曰牛角村，村民多为巴蜀农商，梓州细民，其村落环绕二十余里，山清水秀，纵横曲折，村中牛角堰塘夹岸多垂柳，大者合抱，枝干低垂，时有绿烟郁勃而出，牛角堰塘水味淡有力，故养鱼、放鸭必定丰硕，以舟载之而归……"

牛角村自古有名，近年的牛角村闻名遐迩，全在于村里还有个叫牛华民的能人，这牛华民一身传奇色彩，貌似此人不仅牛气冲天，而且怪事连连，人人称之为"牛哥"。他之所以远近闻名，是因为有两件发生在他身上的故事，故事的结果怎么样，对于牛角村的老百姓来说，至今依然还是一个不大不小的谜。

一、牛哥上当

牛华民不是读书的材料！几十年前，凡是教过他的教师都会伤脑筋地这么说。

尽管他父亲对老师们的断言不肯相信，但老头子采取的是"怀柔加高压"的教育方式，对儿子华民苦口婆心地劝说过，确信"黄荆条子出好人"的他也对华民施以种种暴行，诸如将不争气的儿子吊在柳树上深刻检讨、饿了两天不准吃饭、经常性的"竹笋烧肉"（用竹条打屁股）。然而，这些被常人屡试不爽、收效显著的招数，对榆木脑袋不开窍的华民来说，统统是药石无效，效果甚微。

时间就这么来，就这么去。懵懵懂懂的华民慢慢长大成人，邻居都说他是狗屎做鞭子——闻（文）也闻（文）不得，舞（武）也舞（武）不得！

男大当婚，女大当嫁的时候，华民的运气不坏，他仗着外貌的英俊与行为的潇洒，加上他会讨好卖乖，竟然娶了一个漂漂亮亮的老婆，人称

"丁丁猫"的美丽村姑——丁莲花,从此两口子与父亲在一起过着清淡却又踏实的乡村生活。

却不想,这样"衣食无忧"的平淡日子没过几天,华民的父亲疾病缠身,撒手西去。

临"行"前,老人紧紧地抓住儿子的手断断续续地说了最后几句话:"华……华民,我不行了。你要……要记住,不孝有……有三,无……无后为大啊! 你……你……你,今后你……你要挑起……挑起这一家的生活重担了,要……好好学个手艺什么的,让你们一家……家子把日子过好。听……听到了吧,儿子? "

华民泪眼婆娑地点着头,接着两口子便跪在地上呼天抢地、捶胸顿足地痛哭。

父亲入土为安后,早已进入"而立之年"的华民不思悔改,天天泡茶馆,搓麻将,抽香烟,喝白干,折腾来折腾去,居然把个底子本来就薄的家糟蹋得愈加一穷二白,气得"丁丁猫"一哭二闹三上吊,最后下了死命令:你牛华民给我听好了,就你这个"打一棒都没东西挡一下"的破家,老娘永远不得给你生娃娃传宗接代,你要是再不改邪归正,再不让这个家早日变样,我们就立马离婚散伙!

华民晓得"丁丁猫"是个说一不二的婆娘,只好没日没夜搜肠刮肚地想着发家致富的有效捷径。

一天,华民接连抽完三支烟,突然想到了一件事,激动得他把双腿狠狠地一拍。

原来,在多年以前,华民从父亲口里得知,父亲还有个很要好的亲弟弟,也就是华民的二爸。

他二爸早年被国民党军抓了壮丁, 1949 年解放军横渡长江、解放全中国时,二爸跟蒋介石的残余部队逃到了台湾,此后就杳无音信。

20 世纪 60 年代,华民上初中一年级时,曾有人交给他一封信,说是他二爸从海外捎来的。

可这时的海外来信并不是喜讯而是凶信,华民心知肚明,那时有海外关系挺麻烦挺恼火,何况他二爸又是打过共产党军队的国民党匪兵,一旦那些往事说不清楚,就成了黄泥巴掉进裤裆里——不是屎(死)也是屎(死),自然也就入不了团入不了党,参不了军招不了工不说,还可能被列为无产阶级的专政对象,成为每次运动的活靶子。

得了,我华民惹不起躲得起,认不起你这个二爸!

于是,华民悄悄地把那封信往书本里一夹,没吭声。

两年后的一天,父亲打扫房间时,突然发现了那封海外来信,就厉声责问华民咋不及早告诉他。

没想此时已当上红卫兵小头目的华民,竟不顾父子之情,对父亲上纲上线,最后还把老头子当专政的"鲜活对象",纠集一群阶级兄弟狠狠批斗了几回。

父亲无可奈何,只得被迫与远在海外的弟弟划清了界线。

直到 20 世纪 90 年代后期,党和政府的政策很宽松了,改革开放已经进入了新阶段,凡是有亲属在海外,竟瞬间成为一种荣耀,一种时髦,一种求之不得的莫大实惠。

乡里就有那么几个因沾了海外关系的光,一夜之间成了明星户、暴发户,吸引了无数的羡慕眼球。

华民这才想起这码事,应该尽快联系,要真拉上了这条特殊的海外线,没准也会时来运转,享尽荣华富贵。

华民就赶紧寻找二爸当年的来信,可不管他翻箱倒柜,挖地三尺,那封信像遁了地的土行孙,再也不见了踪影。

他当然不知,父亲把那信一直装在贴身衣兜里,年前去世时,已带进了棺材。

华民千寻万觅,八方呼告,且频频出入台办、旅游部门和新闻媒体,

请求广而告之与牵线搭桥。

期盼快快脱贫致富的华民硬是下了狠心,不找到二爸誓不罢休。

这事一时竟闹得满城风雨,方圆十里八乡几乎都知道华民有个亲戚在海外,甚至传说那还是一个家财万贯的大富翁呢。

然而事与愿违,华民如此这般地折腾了好些年,到了2004年依然毫无音讯。

真笨!华民一时后悔得捶胸顿足,直恨自己当时没心计,没保留有详细地址的那封信。

"说不定是早死了。找不着就权当没他这个二爸得了!"此后,"丁丁猫"经常这么宽慰地劝说,华民也时常这么想,于是他也便死了这条心,不再去操那份闲心了。

然而时过不久,偏又峰回路转,喜从天降,居然还是"双喜临门"。

华民的大儿子降临人世,中年得子,自然喜出望外。

可华民怎么也没想到,另一个特大喜讯又姗姗来迟:他苦苦寻找而又连做梦都难得见上一面的二爸,这天竟突然亲自找上门来了。

二爸见了华民后,蹒跚着脚步冲上前,一下子就紧紧抱住了亲侄子,然后一把鼻涕一把泪地说:"我的好侄子,你知道你二爸吗,这么多年找你们找得好苦啊!能有今天,真乃是苍天有眼啊!"尔后又扑通一下跪在地上,拜了苍天又谢大地,随后还在华民夫妇的搀扶下祭奠了哥哥的坟茔,那情景极为感人,惹得华民也跟着直抹眼泪。

这二爸已年逾七旬,虽说腿脚行动不便,但看起来很憨厚而健壮。只是穿着很一般,与当地百姓无甚差别。

"看来他在海外是白待了,几十年没混出个模样!"华民心里这般嘀咕着。

二爸像是看出了他的心思,就难为情地说:"这次回来人生地不熟,东奔西颠,花光了盘缠不说,还被贼偷了一次,落得两手空空,一贫如洗……真是无颜见江东父老啊！"

华民忙赔着笑脸："没啥没啥，只要人平安回来就好。"说着就招呼老婆"丁丁猫"备了酒菜，为二爸接风洗尘。

"华民二爸回来了！"这在牛角村算是一件惊天动地的消息，自然不胫而走，远远近近看热闹的、瞅新鲜的、套近乎的，立即就踏破门槛，整日里人来人往，络绎不绝，让华民脸上很是光彩了一些时日。

然而时过数日，二爸对外慷慨至极，一张口就答应给牛角村学校捐献四十万元，给村里修筑村道公路赞助八十万元，还与镇里谈妥了五千万元的投资意向。而对他侄儿华民却毫无表示。

对此，华民心里自然不快。

这天，华民边向二爸敬酒边探探二爸的口气，说："二爸，您这次回来，日后有何打算……"

"噢，这个嘛，你二爸我自有考虑。"二爸仰起脖子极香地喝干杯里的酒："俗话说'叶落归根，人老还乡'，你二爸这把老骨头还是要跟祖宗搁在一起的。这次回来先看看，然后回来定居。"

"我也是这样想的。只是……不过你也能看到了，我这吃的住的太寒酸，二爸您是无论如何过不惯的……"华民吞吞吐吐地说。

"困难是暂时的嘛！我一回来，一切都会有的。到时你尽管张罗安排就是了……侄子你是不知道啊！"二爸叹了一口气："你二爸在外头住的是高楼大厦，过的是花天酒地，可孤身一人，举目无亲，并不感到幸福。钱，的确有的是，可有钱又顶什么用，生不带来死不带去……总之现在好了，我在海外孑然一身，这一回来有了依靠，资产转回来也有人继承，我也就放心了！"

二爸一席话，直说得华民心花怒放，他一脸含笑地暗自思忖："没想到这辈子会有这么大的好运气，转眼就有了一棵取之不尽、用之不竭的摇钱树了啊！"

当下华民就热泪盈眶地跪地叩拜："二爸,往后您老人家就当我是您的亲儿子,要吃香的喝辣的,您尽管使唤,我纵使当牛做马,也当尽力孝敬!"

"好了,一家人不说两家话,你有这份孝心,我也就心满意足了。"二爸与华民碰了一杯酒便道："只是这次回去,漂洋过海,乘飞机,坐轮船,花费……你知道二爸已身无分文……真是不好张口……"

"这个,这个……我,我……当然,困难是暂时的……"华民明白二爸的意思,一时支支吾吾不好答对。但思前想后,权衡利弊,到底还是给了声音："这么吧,我明天去信用社贷款,您看需要多少?"

"噢,不多不多,两三万也就够了。这样的话,你干脆以我的名义贷吧,一个即将回归的华侨,借点返程路费总归不难吧!"

华民连连点头称是。

次日,华民备足了路费后,送二爸踏上了归程,如约期待着二爸两个月后带着资产归来。

然而,两个月过去了,没见二爸人影;半年过去了,没见二爸人影……整整过去了一年,也依然杳无音讯。

真是活见鬼了!

华民预感情况不妙,就赶紧照着二爸留下的地址去信询问。

谁知一连去了八封信,封封都签着"查无此人"而被原封不动地退了回来。

天哪!莫非真要人财两空?华民不堪设想,整日忧心如焚。

此后有一天,华民夫妇来到县城走访,老婆"丁丁猫"的半高跟鞋掉了后跟,就去街边一个补鞋摊补鞋。

补完鞋后,"丁丁猫"大惊失色地把男人拉到一旁,上气不接下气地说："那,那补鞋的老头咋像咱二爸!"

"扯球蛋!二爸咋会在这儿!"华民不以为然。

"不信你自己看去嘛，谁唬你了？！"

华民就走过去细瞧了老头。

老头猛一抬头，与华民的目光正好碰在了一起。

正是二爸！

老头显然也认出了对方，赶紧低下头，若无其事地忙着手里的活儿，手却不由自主地发抖。

华民早攥紧了拳头，一把抓住老头的衣领，气急败坏地吼道："好你个二爸，你害得我好惨啊！走，找个讲理的地方去，今天我华民绝饶不了你这老狗日的！"说着就要拖老头上派出所。

老头被猛然提起，一口气上不来，突然两眼翻白，头一歪，死了！

人命关天啊！见惹下了大祸，华民两口子正打算脚板擦油——溜之大吉，却被一旁的人扭送到了巡警中队……

后面的情况，牛角村的村民一概不知，大多都是一些传说——

据知情人说，幸好那乔装打扮成华民"二爸"的补鞋匠是个孤寡老头，没死者亲属纠缠，可华民要为这老头花费一些烧埋"银两"，承担偿还信用社几万元贷款的重任，另外华民还被拘留了一段时间。嗨，真是贪小失大，得不偿失！

还据另一知情者说，华民在拘留所认识了一位酒醉伤人的养鱼大户，两人惺惺相惜，最后竟然成为难兄难弟，莫逆之交。

俗话说：人死账不烂，欠债要还钱。出了拘留所后，一身债务的华民下决心要痛改前非，他虔诚地跪在地上磕了三个响头，执意拜了那位养鱼大户为师。

从此，华民起早贪黑学技术，干杂活，一门心思扑在了养鱼上。

一旦有空，华民嘴里就念叨着："养鱼贵在水，已无人反对。水质虽复杂，肉眼也可查。查水之表现，感水之清涩。闻水之气味，观水之颜色，养鱼讲卫生，病菌不生根。生态要平衡，阳光有学问……"天天背诵这

一类如同《九阴真经》的养鱼口诀,华民竟像着了魔,他活脱脱地像极了偷拳学艺、勤奋不已的"太极宗师"——杨露蝉。

养鱼大王见状自然赞不绝口:华民学养鱼动口、动手、用心、用脑,他不想成为养鱼能手都难!

不久,学有所成的华民出师了,并悄无声息地回到了牛角村。

二、华民用计

华民回来得正是时候。

当时,省委、省政府提出"不与粮争地、不与人争水"的产业新理念,摒弃靠扩大规模增产、靠拼资源吃饭的老路子,坚定不移地走产业发展与生态优化并重的绿色道路。

牛角村挂起了招纳贤才的榜文,意在使这个贫穷的小村落早早走向富裕。

养鱼大王的推荐和华民的承包演讲,使华民顺理成章地承包了牛角村的最大水库——"牛角堰塘"养鱼。

没几年工夫,华民偿还了"二爸"的债务,还在牛角村一显眼之处盖起了一幢三楼一底的全现交的漂亮楼房。

据说,华民的成功在于他自创的独具特色的技术,在他的"牛角堰塘"里实施了"三板斧":放养了良种鱼并适量增加了"吃食鱼"的比重;提早放养时间,延长鱼的生长期;投喂自己配制的颗粒饲料,能提高增肉倍数,等等。

还有人透露,华民还自费请了一个鱼类专家,和他一起赴日本东京水产大学学习先进的鱼卵孵化和鱼苗培育技术,他又到湖北、江苏、上海等地考察了国家级种苗培育中心,并计划请日本水产专家前来帮助他规划、设计鱼苗孵化厂建设方案,等等。

这下,华民被众人恭敬地称为"牛哥"了!

当然,还是有人提起华民被他所谓的"二爸"欺骗了钱财的旧事,说这样一个想钱想疯了的人,一定是个一毛不拔的铁公鸡!

于是,村里的许多人便眼红起来。

村民们耳尖,又听说华民与牛角村村委会订的五年承包合同就要到期,这下整个村子一下子像烧开的水一样骚动起来。

有人说,钱不能让华民一个人赚,就算转圈推磨,也该轮到我们一回了。

谁知,牛背湾村的村民闹哄没两天,又传出华民设村宴请所有村民的消息。

于是,有人感到惊诧,有人表示怀疑,有人却连连称赞。

人多嘴杂,说法不一。

有人说:"牛哥这狗东西,以前比猪还蠢还笨,而今眼目下却比鬼还精,怕不是给我们大家设下个啥子圈套吧?"

有人附和:"可能,不然的话,牛哥这样破费图个啥?"

有人分析:"牛哥承包堰塘养鱼确实发了大财,还在乎这三四千元钱的花费。再说,牛哥也承认,这几年牛角村的老少爷们儿没少给他娃娃捧场,眼下合同就要到期了,不意思意思咋说得过去哩。"

这些闲言碎语传到华民耳朵里,他只是笑笑说:"不图啥,就图能让咱们牛角村的乡亲们高兴高兴。"

说归说,等真的看到华民家杀猪宰羊,买酒购烟忙开的时候,村里有人沉不住气了,就借口帮忙,早早地赶过去了。

华民见帮忙的人多,心里自然高兴,给每人发了一盒"红河"香烟。

往常,这待遇是享受不到的,村里几家冒尖的农户办红白喜事时,发的还都是2元钱一盒的软"天下秀"烟。今天碰上这个大出血的主儿,

不拿白不拿,吃了也白吃,过了这个村就没这个店了,才不能便宜牛哥这个龟孙子哩。

上午十点多钟的时候,村里的大喇叭已响过三遍,村支书用激动的口吻,第三次慎重地转达了华民的邀请。

按照村支书的吩咐,一户一个代表,大家你看看我,我看看你,不到一顿饭工夫,都陆续在华民家大院子里聚齐了。

华民拱拱手,先请村支书致辞讲话。

村支书清清嗓子说:"啥叫致富不忘众乡亲,牛哥这就是……"支书讲话总是一套一套的,加上满桌子的酒菜已把气氛渲染起来,人们就觉得支书的话比以往更加感人。

末了,华民也说了几句:"承蒙老少爷们赏脸,我今天特别高兴。我华民不会办事,少酒少菜的地方,大家包涵着点,等一会儿酒席开始,大家都不要拘束,放开量,该吃就吃,该喝就喝。不然的话,就是看不起我了哦。"

华民话音刚落,院坝里便响起了久违的噼里啪啦的掌声。

接着,一阵阵酒香便在缭缭绕绕的烟雾中弥漫开来。

华民在村支书的陪同下,向在座的每个人都敬了三大杯,第一杯感谢光临寒舍,第二杯感谢多年关照,第三杯感谢今后支持。

之后,华民站在高处向人们揖了揖手,就算酒宴正式开始了。

人们吸着"红河"烟,心里也像开放着一朵朵喷香的迎春花,感受到一种微风吹拂总惬意、只有幽香还如故的清爽。

一时间,笑声、划拳声、碰杯声此起彼伏,在华民家的院子上空荡漾开去,传染得牛背湾村的山山水水都是一派宜人的喜气。

到了下午,酒席已持续了几小时。

凡是参加酒宴的人无不喝得满脸通红,汗流浃背,一个个醉醺醺的都有些飘飘然……

这在这时,华民的小儿子宝娃子惊慌失措地从外面跑了回来,大声喊道:"不好啦!有人下毒啦!"

这一声惊呼,几乎震住了所有人。

有人以为是酒菜里下毒了,吓得脸色苍白竟一下全做起呕吐状来。

"不是菜里,是有人往鱼塘里下毒!"人们听清楚宝娃子的话后,都才松了一口气。

可是,大家一抬头看到华民怒不可遏的样子,人们的心马上又悬了起来。

不得了,那满塘的鱼要是全被毒死了的话,那牛哥可就要抓瞎了。

就在这时,华民怒火万丈,一跳起八丈高,恶狠狠地骂出了几句:"我日他的先人板板……"话未尽,华民就箭似的冲了出去。

村支书见状,便连忙安排人用手机打电话给镇派出所报警。

所有人都不约而同地朝院外拥去,摇摇晃晃奔向鱼塘。

刚才还闹哄哄的院坝里这阵子安静了下来,只有几只争相啃骨头的狗在桌子底下钻来钻去。

鱼塘的塘沿上,站满了黑压压的人群。

人们看到,往日清凌凌的水面上漂满炫目的鱼肚白,虽然这是一起恶性投毒事件,但作案人手段之狠,令人不寒而栗。

华民的泪水汩汩地滚落下来,他哀叹了一声,便蹲在了塘沿上捶打脑瓜。华民的老婆"丁丁猫"哭得死去活来。两个儿子也都阴沉着脸,像一头头暴怒的雄狮来回走动……

"狗日的东西,有种的就出来,别拿暗刀伤人!"

"不敢站出来,你龟儿子是你妈偷人生的!"

…………

一时,群情激奋,人们都为华民此时此刻的处境感到十分同情。

有人开始情真意切地劝慰着华民——

"牛哥,不就是堰塘里的鱼吗?看在你待乡亲们不薄的分上,都是乡里乡亲的,一个村里的乡亲们也不会亏待你的。"

…………

大伙你一言我一语,就连平常对华民有成见这次不打算让他再承包堰塘的,也过来宽慰华民两口子。

华民抬起头来,扬着一张被酒精烧红的脸,听着这感人肺腑的劝导,他竟像个小孩子似的捂着脸"呜呜"地哭了。

太阳离落山还有一树梢高的时候,派出所的警察来了。

警察面色严峻地勘验了现场之后,就去找华民了解情况,但要华民说出几个与他有过节的人,以便排查出有作案嫌疑的人来。

华民说:"警察同志,求求你们就别瞎忙了,我不会说的。牛背湾的爷们儿都是好爷们儿,这点我相信。究竟哪个会这样恨我呢,是外村的人也说不一定。"

村里的人一听见华民没有说出怀疑对象,都为华民的宽宏大量而心悦诚服。

有人情真意切地说,像"牛哥"这样的好人,如今少哩!

…………

这天夜里,华民家的楼上没有一丝灯光。

宅内,华民早已拉上了厚重的红色窗帘,把台灯拧到最低程度的光亮。

华民不无担心地说:"那事不会让人家看出点啥子道道来?"

华民婆娘"丁丁猫"的嘴巴一撇:"咋个会呢,那个事旁人一点也不知道,除了天知地知,就是你知我知,连儿子也都不晓得。哪个会想到我们会往自家承包的鱼塘里下毒呢。"

华民这才放下心,搂住老婆说:"这样一闹一折腾,就没人跟我争那几口鱼塘了。"

"丁丁猫"身子一扭又嗔怪道:"这倒是不错,就是太毒太凶了点。唉——"

"怎么?"

"当年你'二爸'只是温柔地欺骗我们,咋个今天还有这样自己祸害自己的?"

华民咬牙切齿地说:"在拘留所里,从师傅养鱼大王那里学到的'王佐断臂',无毒不丈夫嘛。"

华民一边说着一边掀起窗帘,他只往外边看了一眼,外面的天真黑!

晴雯开店风波

一

雾月冲天,彩云涌集之时,被撵出大观园的晴雯疾病缠身,不久一缕香魂,飞升天界。

那日,怡红公子贾宝玉闻讯惊愕不已,含泪撰写了缅怀晴雯之情的

诔（lěi）文——《芙蓉女儿诔》，借用贾谊、石崇、嵇康、吕安等这些在政治斗争中遭祸的人物的典故，对"身为下贱，风流灵巧招人怨"的晴雯以热情的颂赞与深深的追思。

其间，宝玉深叹"既怀幽沉于不尽，复含罔屈于无穷"的晴雯一世苦命，竟然直烈遭厄，抱屈夭亡。

不日，晴雯芳魂升天，功德圆满，竟位列天宫芙蓉仙子之位。

尽管晴雯列仙子之位，依旧顽皮、灵巧、任性和自尊、自立、自强。

这些年，天宫里神仙日益众多，玉帝的财政收入日渐维艰，发文要求众仙及其家眷广开财路，自谋出路。

于是乎，贤能之士，大展才华，八仙过海，各显神通。

二

忽一日，天宫新开了一家美发屋，设在南天门一侧的闹市区，专营 21 世纪最新的欧莱雅卷发烫发，店面招牌镌刻这几个鎏金大字，曰："芙蓉仙子形象工作室"。

美发形象工作室的老板兼首席发型师叫晴雯，就是大观园"怡红院"院主贾宝玉让撕扇子换作千金一笑的俏丫头。

缘何俏晴雯要开店？

原来，"木秀于林，风必摧之"。晴雯自从在大观园里遭了袭人、王善保家的等人的暗算，被王夫人逼得含恨屈死之后，幽幽芳魂飘飘忽忽来到凌霄宝殿。

那日，曾被曹雪芹的《红楼梦》迷幻的玉帝一见晴雯，叹息一声后，他怜惜晴雯"心比天高，风流灵巧"，加之又读了宝玉新作《芙蓉女儿诔》，十分感动，思忖半晌便授其"芙蓉仙子"之号，便让才学不高的她补进蟠桃园的仙女班,每日挑水种桃,吟诗作赋,补习文化,增强素质。

晴雯上天成仙后,见世间沧海桑田,科技日新月异,社会变化无穷,几多载人火箭穿梭天上人间,几多航天空间站比邻天宫,上天揽月,飞跃火星,把个冷冷清清的天宫搅得危机四伏。

眼见天庭以往的闭关锁国、故步自封的方略即将崩溃,晴雯甚是喜悦。又见玉帝除旧布新,革尽陋习,鼓励自主创业,广辟就业门路,晴雯自是心甚钦敬。

一日,晴雯打开"联想"电脑,登上互联网,一点鼠标,看见人世间的女孩子衣着秀美,笑靥动人,特别是韩式荷叶头发型、波波头发型、花苞头发型、螺旋发饰等,形式多样,争奇斗艳,既发挥了女性长发曲线美的优势,又富含蓄的流动美……

晴雯心中大喜,在网上报名参加了一期"欧莱雅卷发烫发"培训班,晴雯心灵手巧,一学便会,且技艺超群,出类拔萃。随即晴雯遂托人下凡购置高档烫发器等一批美发店专业烫发器材、美发工具和洗涤用品等,并参阅网上的发型设计资料,她还自行设计出了芙蓉发型、梨花发型,这两种发型美观大方,梳理方便,远望似乌云盖顶,近看似芙蓉吐芳、梨花如雪,波纹多变而不轻狂,疏密相宜含无穷意蕴。

万事俱备,只欠东风。后晴雯经玉帝恩准,办理了相关执照后,在南天门一侧建修一间时尚、简约美发屋,选择良辰吉日开业。为招徕顾客登门,在店门口安放两只"GEAR"音箱,播放着温馨、惬意的萨克斯风——《回家》。

三

开业之日,消息不胫而走,在天宫各界无异爆炸了一枚比日本福岛

核电站核燃料外泄威力还要厉害还要巨大的"氢弹"。

九重天的太上老君哪里见过这样的事情，拄着拐棍摇头晃脑地说："身体发肤，受之父母，不可毁伤。而今既卷且削，冷烫热敷，何其惨也。可怜天下父母心，真该同声一哭矣。"

栴（zhān）檀功德佛唐僧闻讯也连连念佛，发表宏论："天生万民以秀发，长直垂肩，或披或梳理成大辫子，千古已然。晴雯小丫头藐视传统，标新立异，人心不古，实实堪虞。我佛如来也是不会赞同的！"

两位著名神仙发了话，其他天宫臣民见天界权威表了态，自然战战兢兢，躲躲闪闪，谁也不敢冒天下之大不韪。

如此，"芙蓉仙子形象工作室"开业数日，门庭冷落，无人问津。

当然，南天门的掌门人增长天王和庞、刘、苟、毕、邓、辛、张、陶，一路大力天丁，聚在一起饮酒吃肉，一边冷眼旁观等着看晴雯姑娘的笑话。

正是这样，害得晴雯把洗头水热了又冷，冷了又热，不胜其烦。

每每有空闲，百无聊赖的晴雯只好登上 QQ，与四面八方的网友聊天解闷。

四

却说净坛使者猪悟能，生来长嘴大耳，凸肚肥臀，身矮面黑，加之肚里无半点墨水，出言粗俗，连封神榜上的妖怪也都懒得理他，一贯对老猪敬而远之。

猪悟能虽无才无德又无貌，但酒肉充腹，特立独行，自我感觉良好。

猪八戒每逢净坛完毕，也冒充一番斯文人。他听人家讲过"补天顽石"贾宝玉在大观园里的风流韵事，寻花问柳之心顿生。故而猪悟能申请了一个 QQ 号，网名曰"天庭第一超男"，一度，他偏偏喜欢模仿贾宝玉那样,QQ里全加进了一大群美女,还在天宫网的"魔域桃源"美女帅哥吧开了"BBS"和微博,专在女孩子队伍里厮混。时间一久,猪悟能时常约仙女蹦迪、喝咖啡、吃肯德基,还幻想"一夜情"之类的勾当。可仙女们却个个冰清玉洁,从不拿正眼儿瞧他,几乎全是一见他的尊容,她们都会不约而同地道一声"拜拜"。

于是,猪悟能自惭形秽,郁郁不乐。

猪悟能今见晴雯开业创办美发生意,也知晓宝玉昔日与晴雯关系很铁,顿时喜出望外,遂千方百计寻到晴雯的QQ号,可惜连连加了好几回都被拒绝。他并不放弃,打算登门造访,连忙买了一双"luckigo"内藏式增高皮靴穿上,执意要去尝试一下欧莱雅卷发烫发。猪悟能虔诚地期望晴雯给他设计一个芙蓉梨花头,化腐朽为神奇,让他虽不能赛过潘安宋玉,却也要堪比由贵瑛里、史派克一类的帅哥美男子!

猪悟能想法已定,先急急找到师父唐僧,请求美发事宜。

唐僧心中怫然不乐,胆小怕事的他却唯恐落人口实,便不动声色地闭着眼说道:"悟能吾徒,汝既确有此念,为师怎好阻拦?谁想在这开拓奋进,创新实践的当下,弄一顶顽固不化的帽子来戴呢。如今讲究独立思考,解放思想,砸开枷锁,阔步向前,汝可自行主张吧。"

猪悟能听了此话,以为师父首肯,再三作揖,便挺着个大肚子一阵风似的奔向了南天门。

这天,晴雯远远望见自家美发屋前来了第一个顾客,心中自然万分高兴。晴雯款款近前一看,竟是《西游记》中出足了风头并多次被自己拒绝加QQ的丑和尚猪八戒,真是不是冤家不聚头啊,她的心里一下子凉了大半截。

待晴雯将要用几句刻薄挖苦话奚落一番,再将猪八戒打发走时,晴雯又怕落个"伸手打了笑脸人"的话柄,还怕由此影响了自己美发屋的声誉。毕竟现如今顾客是上帝,顾客是衣食父母,不讲究服务态度迟早

是会吃大亏的,况且这猪八戒当年做过天蓬元帅,天界里的各类裙带关系很多,且又在取经路上结识了一大批狐朋狗友,现在还肩负着西天大雷音寺"老大"如来授予的"净坛使者"一职,可不能再犯大观园里的错。明枪易躲,暗箭难防啊,要不还得像过去那样被小人暗中算计的。

想到这里,晴雯满脸堆笑,恭恭敬敬地请猪八戒上座。

猪悟能正襟危坐,叫晴雯快快给他烫发美发。

晴雯不慌不忙地介绍起来,我这店里的美发烫发制作,是根据发型设计要求来烫发,净坛使者是选择普通、扇形、砌砖、S形排卷、蛇仔呢,还是别的什么? 我这里到人间引进了21世纪最新的烫发新工艺,有根部烫发、挑烫、局部烫发,种类还有冷烫、热烫、电烫、离子烫、陶瓷烫、数码烫、基因烫、拧绳烫、万能烫、加能烫、喇叭烫、标准烫、无杠烫等各种时尚烫发……

"且住!"这眼花缭乱、种类繁多的烫发,已让猪悟能眼花缭乱,不知所措,他只好不懂装懂地说:不管你咋个烫,我只要芙蓉梨花头!

晴雯抿嘴一笑,那芙蓉梨花头只配女孩发型,配在猪八戒头上的话,那真是屎壳郎戴花——不配。晴雯想到尤三姐曾经说过的一句话:见提着影戏人子上场——好歹别戳破这层纸,于是她不声不响地给猪八戒洗头、上夹、卷花,再涂上冷烫精等。

前前后后弄了半个时辰后,当晴雯揭开包头的塑料袋一瞧,不禁大吃了一惊。但见猪八戒头颈上的鬃毛仍旧挺拔刚劲,毫无曲线美可言,只有鬃尾略带小卷,活像春天山上的蕨草,好生难看。

晴雯这才醒悟过来,失悔不迭,不该错把猪鬃当成人发来对待处理,以至于闹出了这一场笑话。

原来,畜生尽管神化为仙,也不能脱胎换骨,那随身的毛发更是顽固不化的!

猪八戒不懂得现代的美发美学,他照照镜子,见头顶的鬃毛略有卷曲,貌似鬼佬洋人,这样不但不会显老气,晴雯还给他剪了个齐刘海,更显他老猪年龄小,而且可爱又俏皮呢! 再加之又洗了一个热水脸,躺在电动按摩床上全身被一阵阵震动后,完了再洒了一些来自美利坚的"Clinique Happy"柑橘香调的香水,自觉容光焕发,异香袭人,一副刘姥姥出大观园——满载而归的感觉,他便兴高采烈地招摇过市,到蟠桃园鬼混去了,之后又出现在"魔域桃源"内。

五

　　天宫臣民在大街上看到了猪悟能的芙蓉梨花头,啼笑皆非,笑出了眼泪。

　　蟠桃园的仙女们在视频中欣赏了猪悟能的发型后,不无讥讽地说:"这就叫芙蓉吐芳? 梨花飘雪? 丑死人了哦! 真是牛皮吹上天了哦,净坛使者的发型,还不如天庭里那些老婆子的鸟窝头、老头子的大光头好看咧。"

　　猪八戒一时间竟成了网络上点击率一路飙升的红人——"恐龙"!

　　之后,还有好事者找到唐僧反映情况,历数猪八戒的种种恶习,最大的反感却是他意欲出奇反类丑的芙蓉梨花头,随后又指责开店的晴雯。说完,紧盯着唐僧,等他老人家做个定论。

　　过了好久。唐僧才慢条斯理地说起来:"吾徒儿自作主张,与本师无关无涉。那小女子晴雯虽然聪明绝顶,口齿伶俐,但仅仅只是针线活儿好些,'勇晴雯病补孔雀裘'嘛,我看也是言过其实! 如今她想出风头,搞啥子芙蓉梨花发型哦,没有金刚钻别揽瓷器活,我觉得美发美容,应该以新颖美观见长,为何却给我八戒徒儿弄出这般怪模样,足可见是挂羊

第一辑 满纸惊妙语

头卖狗肉了！罪过！罪过！"

唐僧的话一经扩散，"芙蓉仙子形象工作室"就被众人嘲笑的"嗤嗤"噪声所包围，再没有敢于"吃螃蟹"的人去登门照顾生意了。

最恼火的还是"天庭第一超男"猪悟能，画虎不成反类犬的他羞得闭门不出，净坛业务也不予理会了。

晴雯闻得此言，气得放声大哭，关门歇业，倒在床上三日不进水米。

不料，这事惊动了一员女将，便是那贾府之中为柳湘莲害单相思的尤三姐，后来因柳湘莲听说尤三姐竟然在宁国府中，跺脚说了一句："这事不好了，断乎做不得了！你们东府里除了那两个石头狮子干净，只怕连猫儿狗儿都不干净。我不做这王八！"婉拒了与尤三姐结为连理，最后让尤三姐把剑往颈上一横，悲愤自杀，"揉碎桃花红满地，玉山倾倒再难扶"。

三姐赴天宫后，玉帝感其德，让她暂时屈居蟠桃园仙女班之列。

尤三姐是一个风姿绰约、出淤泥而不染的洁净女子。当年在贾府这样一个污浊的环境里，她巧妙地维护了自己人格的尊严，在得不到柳湘莲的爱情和信任的情况下，采取了决绝的殉情方式。因而她即使在天庭，仍旧对人世间的陈旧陋习恨若仇敌，对天宫中的整人害人恨之入骨。

这天，尤三姐获知晴雯的美发屋处境不妙，十分同情，便自告奋勇地大踏步走进"芙蓉仙子形象工作室"，散开满头乌云似的青丝，斩钉截铁地说："晴雯姐，我相信你的手艺，给我烫发！"

晴雯在困境中偶遇知心人，万分感激，便手忙脚乱地摆弄起来。

这尤三姐风流标致，风华绝代，风情仪态，万人销魂。早先她的一头披肩长发已够迷人，如今在晴雯这里烫出了一款别具一格的芙蓉梨花发型，那还了得吗？

你看尤三姐一步一款地迈出美发屋大门时，一片灿烂的阳光映照着她，的确是出水芙蓉迎秋色，疏雨梨花含春意，雨打芭蕉化长烟，风摇翠柳动波光。顿觉南天门为之色变,十八层地狱也闪光,万人空巷,赞声不绝。

六

《天宫日报》社首席记者公孙豹终于写出了一次真实报道,他这样夸道:晴雯意识紧跟潮流,行为可圈可点,她见识广,有眼光,到底是风流灵巧之人,美发美容技艺独步天庭,无可挑剔!公孙豹还披露了一些不为人所知的秘密,比如,猪悟能的美发问题,不过记者还是用化名隐去了猪悟能的真实名讳。

于是,天宫臣民这才知道,猪八戒的猪鬃烫发烫出的怪模样,责任并不在晴雯,于是网络上的民意大多倾向于支持晴雯。

对年轻人始终有成见的唐僧越发看不惯了,他对人气指数日渐升高的晴雯无可奈何,却变着法儿给尤三姐身上泼粪。

唐僧知道晴雯学艺是靠互联网,而且目前网络网民的力量空前巨大,他不得不去适应和掌握了上网的技巧,在网上"潜水"并披着一件件马甲诋毁、污蔑尤三姐——

在"天上天"论坛,唐僧发帖子说"尤三姐思嫁柳二郎碰了钉子,名声不好,再怎么把头发美成鸟窝似的也是枉然!"帖子一发,被人察觉出他就是一菜鸟,有人甚至怀疑他是"五毛党",千千万万的网民发飙了,不停歇地对着唐僧发来了铺天盖地的"猪头"!

另一天,唐僧恨意未消,在微博上写了一段"尤三姐旧性难改,把自己打扮得如同妖精一般,春情荡漾,风骚妖娆,其行为大大地坏了天庭的规矩!"

不想这条微博就像链式反应,广泛转发,一时间议论纷纷,活像有人

造谣说食盐将缺货数年而引来抢购风那样，担心脆弱的尤三姐受不了刺激。有的甚至强烈要求天宫主管部门加大打击"五毛"的力度，等等。

尤三姐听了这些谣言，嗤之以鼻，觉得唐僧名为高僧，其实徒有虚名，种种行为是连荣国府中无耻的琏二爷也不如，自然心态安然，我行我素。

尤三姐每天高高兴兴地挑水种蟠桃，有时还放开嗓子唱唱家乡的山歌、舞舞随身的龙泉宝剑，有时还跳一段芭蕾舞、拉丁舞和霓裳羽衣舞，逗引得多少神仙菩萨每日上班下班时都要绕路从蟠桃园经过，口里念叨着阿弥陀佛，眼睛却在尤三姐的优美身段上来回扫描，那样儿活像馋嘴猫儿见了鱼似的。

七

其实，唐僧在网上发的帖子并非空穴来风，毫无根据。

据曹雪芹记载，柳湘莲原系世家子弟。他父母早丧，读书不成，性情豪爽，酷好耍枪舞剑，赌博吃酒，以至眠花宿柳，吹笛弹筝，无所不为。柳湘莲又生就一表人才，是一名有资格的大帅哥，还是一个业余的戏剧演员，最喜做票友串戏，擅演生旦风月戏文，红楼梦里的呆霸王薛蟠等不知他身份的人，竟将柳湘莲误作为俗世风流戏子一类，自然遭到他的一番拳脚教训。

如今，冷郎君柳湘莲可是今非昔比了，才艺双全的他被玉帝青睐，正担任天宫电视台影视部演员剧团团长，享受准菩萨级别的高干待遇。

难怪《石头记》脂批了一段柳湘莲日后定会"训有方，保不定日后作强梁"的谶（chèn）语。

柳湘莲身为领导，却礼贤下士，敬重人才，他常常与醉八仙之一的韩

湘子同台演奏民乐《花好月圆》、《金蛇狂舞》、《步步高》、《百鸟朝凤》等，有时韩湘子吹箫，柳湘莲舞剑，共同上演一出《霸王别姬》。

时间就这么悄悄地来，又这样悄悄地去。

自美国 CNN "全球五大指标音乐人"、CCTV-MTV 音乐盛典亚洲最杰出艺人张国荣先生驾鹤归天后，曾经是"天王"级别的他在天界一直未被玉帝重用。据说跟张国荣年轻厌世、道行不高等原因息息相关。

于是，张国荣便有些自暴自弃，破罐子破摔，整天闷闷不乐，茶饭不思，以酒做伴，闭门谢客。

柳湘莲爱惜英才，数度请求玉帝，才将"天王"张国荣搜罗于自己的麾下。

也许是惺惺相惜，两位精英一拍即合，很快结成"创意联盟"，他们联袂演唱的名曲《宠爱》，成为演员剧团永久的保留节目。

另据记者公孙豹独家透露，柳湘莲的演员剧团还引进了"香港的女儿""百变天后"、"全球华人个人演唱会最多女歌手"梅艳芳，小品大王赵丽蓉和高秀敏，相声明星侯跃文、洛桑·尼玛，"功夫之王"李小龙，"林黛玉的最佳扮演者"陈晓旭等，可谓人才济济，群星璀璨。

每每登台演出，节目异彩纷呈，名角人气鼎盛，观众人山人海，项背相望，时时欢声雷动，振聋发聩。

八

柳湘莲自从领衔团长之职，并无人世间戏剧危机、文化危机之类的困扰，事业蒸蒸日上，成绩功劳斐然，故而他在踌躇满志之余，还期盼爱情婚姻梅开二度。

柳湘莲生前错怪了尤三姐，自到天宫后，他了解到尤三姐其实是一

位多情的纯洁的善良的女子,志刚性烈,善解人意,内心十分敬佩,后悔生前不该辜负尤三姐的一片痴情。

虽说天庭已被现代气息渗透,可千百万年形成的传统习俗依旧存在,特别是对柳湘莲、尤三姐这对生死冤家,天宫臣民从《红楼梦》中了如指掌,都用异样的目光匕视着他们,看看他们怎么摒弃前嫌,度尽劫波,鸳梦重温,破镜重圆。

柳湘莲、尤三姐是何等的精明人哦,他们对大伙的期待置若罔闻,视而不见。

每当他们在街头巷尾相遇,明里互相装着不认识、不接触,暗地里却在QQ上网恋,发送恋爱短信。他们最最喜欢的,还是在蟠桃园密林深处采用传统的方式偷偷约会,他们星月为媒,海誓山盟:生前未能天长地久,后世定要矢志不移!

这天晚上,柳湘莲紧紧抓住尤三姐的手说,这些年虽然我的职务级别高,可严于律己,两袖清风,自然囊中羞涩,没有多少积蓄,无法在天宫的繁华区购买一套三室两厅住房。但我们约定好,只等瑶池旁边的演员剧团开发楼一竣工,我贷款借账也要买一套小户型,简单装修一下,我就给玉帝打报告要求登记结婚。

那,要是玉帝不批准呢? 尤三姐还是有些担心,毕竟柳湘莲闻名遐迩,甚至有谣言说,玉帝准备将某个美貌的侄女许配给他呢。

柳湘莲扬着脖子说:如果玉帝不批准,那我们就效仿天宫纺织部的张七姐和董永,下凡当老百姓去!

尤三姐这才面挂热泪,放心地将头靠在柳湘莲的胸口上……

私订终身之后,柳湘莲天天笑逐颜开,兴高采烈。

这天,张国荣一脸怒气地把柳湘莲拉进办公室,悄悄告诉他尤三姐因到晴雯美发屋美发而被人中伤的消息。未等柳湘莲说话,韩湘子也来反映了同一问题……

尤三姐模样儿风流标致,又偏爱打扮得出色,过去不少好色之徒对她颇为馋涎,落得个拔剑自刎的结局,本就凄惨。今日她再遭他人随意践踏,如若任人肆意摆布,那或许又会让她走上绝路啊!

柳湘莲左思右想,心生一计。

次日,天宫电视台影视部演员剧团办公室在公示栏贴出一张通告,内容如下:"为达到21世纪小康生活标准,适应演员艺术和综合素质的要求,美化演员生活,美化演员心灵,扮美演员的形象,经研究决定,凡我剧团女演员及女性职员,一律必须制作芙蓉梨花发型。"

九

通告一张贴,剧团里的女演员们手舞足蹈,欢呼雀跃。

诸如芳官、龄官等一大群黄毛丫头,都一窝蜂去了南天门的"芙蓉仙子形象工作室"排队等候、挂号预约。

大家这才发现,晴雯的美发屋的氛围很诱人,空间布局简洁、合理,室内装饰明快、时尚,给人一种安逸、适闲的氛围。

但见美发屋外,比肩迭迹,车水马龙,笙歌鼎沸;美发屋内,红飞翠舞,玉动珠摇,叽叽喳喳,好不热闹!

这下,可把晴雯累得香汗淋淋,叫苦不迭。可巧对晴雯深怀爱意的韩湘子又一次"偶然"地"路过"了美发屋,见状后便把那里的情况告诉了柳湘莲和尤三姐,暗示要借用三姐去美发屋帮帮忙。

尤三姐一拍胸口应诺下来,赶紧跑了过去,协助晴雯的工作。

五日之后,演员剧团和蟠桃园的众位仙女,都烫起了蓬蓬松松的卷曲发型了。

记者公孙豹不失时机地对仙女们的新潮发型进行了追踪报道:"老

板晴雯技艺超群,她那精准的色彩把握,全新的真色烫发,令仙女们的秀发尽情绚烂,她们那一款款典型的韩剧女主角烫发,非常 OL 的感觉,一点点洋娃娃的可爱和一点点庄重的淑女,她们再搭配上不同的现代服装和高雅妆容,为天界打造出了一大批多变的时尚仙女……"

天宫臣民看了报道,在端详了各位仙女的容貌,只觉得心旷神怡,赞叹不已。

人上一百,形形色色。有的人虽然嘴上仍然糟践晴雯的芙蓉梨花发型,却暗中动员老婆、女儿去美发屋烫发。

就连"桃花薄命,扇底飘零"的李香君也经不住诱惑,在夫君侯方域的陪同下,她轻摇着桃花扇,到晴雯的美发屋足足地过了一把瘾,最后顶着个开花芙蓉和迎风梨花的发型,笑眯眯地挽着老公的手臂返家。

这一下,名人的广告效应起到了极大的推动作用,到晴雯美发屋美发成为天宫里最为时髦的举动。

就连玉帝的娇娇幺女、在天庭纺织部工作的"天宫第一美人"张七姐也动心了,她征得夫君董永的同意后,去晴雯美发屋烫了一个被时尚MM 万般宠爱的芙蓉梨花头,张七姐的发型性感浪漫,清凉飘逸,以百分之百的回头率,引领着天宫的时尚主流风潮。

这一来,对晴雯抱有成见的唐僧缄口无言,哀叹几声"世风日下,人心不古,玩物丧志,不务正业",独自一人在通明殿里盘腿打坐,闭目诵念他的经去了。

不多时日,但见天庭上下,天河两岸,全是芙蓉逸香,梨花吐蕊,卷发如云,秀发飘飘……

晴雯头脑机灵,不愿故步自封,墨守成规。她又开辟了男士美发、文身、洗文身、彩绘、穿孔等业务项目。

晴雯还免费给柳湘莲、张国荣、韩湘子三位大帅哥做了本年度最新最酷的烫发,分别是花烫、定位烫和喇叭烫,这些发型不仅酷感有型,阳光青春,而且帅气逼人,光彩照人,其秒杀性十足,更是吸引了天界里千万双美女眼球,他们很快成为天宫里最具吸引力的魅力男……

十

这些消息惊动了猪悟能。

自号"天庭第一超男"的猪悟能自从在晴雯美发屋烫发后,被蟠桃园仙女和网上美女树为拍砖的"呕像",急得老猪"吐血"几日,当他对镜一瞧,自觉自己的"包子"形象比过去降低许多,思前想后,他毅然决定再去美发屋做一回形象设计。

晴雯见猪悟能再次莅临,十分高兴,拿出了看家的"十八般武艺":螺丝烫、锡纸烫、空气烫、万能烫和负离子、游离子拉直技术,反复观察了猪悟能的脸型。

猪悟能不知何意,忙问究竟。

晴雯很专业地说,净坛使者大哥,上次的烫发非常抱歉!原因是你发质的硬度与众不同,这回建议你不要再烫大卷,烫一款纹理烫发型就可以的,但需要把你的头发剪出层次感再烫就 OK 了。

猪悟能连连点头称是,盼望晴雯早些动手。

晴雯不慌不忙地又说:如今,你会发现走在天宫或人间的街头,时尚帅哥已不再满头卷发,而是自然又有型,告诉你吧,那些个帅哥的长发是烫过的!你嘛,我就按照你的脸型和长发,给你做个染点色彩的日韩潮流发型吧?

猪八戒连说要得要得,巴不得马上变为一个帅哥。

很快,晴雯用最新的万能烫发技术,给天蓬元帅设计、烫出了一款扬长避短的别致发型。

晴雯对着乐呵呵的猪八戒解释说，净坛使者大哥，这是一款集简单、时尚、优雅于一体的非主流发型，整体感到很强势，发丝硬直，严重的不对称。你看这长长的尖尖的刘海，很酷地遮住了你的左右脸颊，同时我采取蓝色的局部挑染，然后又给你的头发增添了部分蓝色基调成分。如此，大哥你真能用这个发型，去表达你的冷淡帅劲哦！

猪八戒仔细一瞅，那淡蓝色的长刘海正好遮住了一对大耳和方脸，真是比过去英俊多了，年轻多了。随后，猪八戒便昂首挺胸、气宇轩昂地跨出了美发屋的大门。

一见猪八戒的全新模样，真乃不愧为"天庭第一超男"，仙女们对他既"汗"又"喷鼻血"，连连发出"hoho"之声，眼眸里放出一缕缕从未有过的异样光彩。

猪悟能哪见过这般情景，狂跳的心早已按捺不住，一阵风似的追了过去。

"太粗鲁了哦！"仙女们吓得赶紧后退，但没有像过去那样退避三舍。

之后，猪悟能只听见仙女们各式各样的"CAMEL"美国骆驼高帮系带休闲女士皮靴在凌霄殿上的玉石阶上敲打着"笃笃"的声响，她们不再逃避猪悟能，再也不向他道声"万福"就"蒸发"了，在与猪悟能分手时就摇摇小手，嗲声嗲气地高声叫着："猪大哥，回家记着一定要上网哦，我在QQ上等你！"

祖母时代的女儿节

——本文献给逝去十年的曾外祖母

曾外祖母说过,七月初七被称之为乞巧节,七夕或女儿节,之所以称为乞巧,是因为民间传说这天牛郎织女相会天河,我们女儿家就在晚上以瓜果朝天拜,向女神乞巧。

曾外祖母说过,那时的我们,除了乞求针织女的技巧,同时也乞求婚姻上的巧配。所以,世间无数的有情男女都会在这个晚上,夜深人静时刻,对着星空祈祷自己的姻缘美满。

——题记

七月初七,夜色很美。

凉爽的秋风轻轻吹拂,无尽的酷热渐渐散去。

蔚蓝的天穹沾着一抹羽状的彩云,星星眨眨眼,稀稀疏疏地浮了上来。

真乃"树树秋声,山山寒色","桐庭多落叶,慨然知已秋","迢迢新秋夕,亭亭月将圆"……

两粒种子，一片森林

"绕檐点滴如琴筑，支枕幽斋听始奇"的欧阳家族大院，一派"疏影横斜水清浅，暗香浮动月黄昏"之景色，好不热闹！

芭蕉树下，早早安放好了一张楠木八仙桌和几张太师椅。

那桌上糅（xiū）漆描金的花鸟果盘里，高高地堆砌着苹果、酥梨、葡萄、鲜桃、花生、米花糖、篮篮鸡、炒胡豆等时新果子和传统小吃。

八仙桌旁边，还摆上了糕饼、卤鸡翅卤鸡脚、酒壶、酒杯、茶壶、茶杯。

今天，是阴历七月初七。（多年后，曾外祖母多年后曾对我说过：这一天哦，是孟秋之朔，女儿节啊，我们女儿家最为重视的日子。这话一出口，我知道曾外祖母是个很有文化的老人）

不一会儿，清风徐来，秋声瑟瑟。

欧阳家族的大院内，顿时清静了许多。

丫鬟们备办停当，等待欧阳小姐（我曾外祖母）下楼，拜祝牛郎织女相会，之后众姐妹月下穿针引线，向心灵手巧的织女乞巧。

月牙儿已经升上来。

白茫茫的银河两岸疏星点点，像家乡涪江畔的摇曳的串串渔火。

一个叫冬梅的丫鬟开心地用纤纤手指指向天际，那里几颗银亮的星星不停闪烁，宛若刚从河里捞起来一样，从遥远处闪着诱人的光亮。

冬梅笑眯眯地说："大概，牛郎织女已经来到银河两岸，等待喜鹊去搭桥相会吧？"

说完这话，冬梅的脸颊像害羞的月儿一般。

欧阳家族大院里，早洒满朦朦胧胧的星光月色，把随风轻摆的垂柳枝影，淡淡地描绘在白色的矮墙上。

一时间，一阵阵悠悠的歌声飘来，不知谁家的女儿在吟唱梓州的民谣，其音袅袅，萦绕夜空……

欧阳家的丫鬟们兴高采烈，风姿盎然。

不一会儿，丫鬟们簇拥着欧阳婷芳小姐下得楼来。

此时的欧阳小姐身体羸弱，面色惨白，她接过丫鬟点燃的三炷香，虔诚地跪下，对天拜了三拜。

欧阳小姐像宝玉祭奠晴雯一般，轻轻地慢慢地念起了自撰的《拜月文》——

> 乾坤朗朗，明月皎皎；
> 金风送爽，四围萧萧。
> 今已中秋，淡浮院中，
> 香茗邀月，丝竹相逢。
> 天心月朗，同心拜月，
> 月白风轻，家盛民丰。
> …………

欧阳小姐念完《拜月文》，又默默地祷祝完毕，插上三炷香，往竹椅上坐下来，望着天上的银河久久出神。

不一会儿，欧阳小姐口中喃喃自语——

> 香帐簇成排窈窕（yǎo tiǎo），
> 金针穿罢拜婵娟。
> 铜壶漏报天将晓，
> 惆怅佳期又一年。
> …………

丫鬟们似乎明白了什么，正待发问。

只听见欧阳小姐叹息几声，又吟起诗句来——

谢家庭院残更立，

燕宿雕梁。

月度银墙，

不辨花丛那瓣香？

此情已自成追忆，

零落鸳鸯。

雨歇微凉，

十一年前梦一场。

…………

嗨，这些天来，欧阳小姐坐不安，寝不宁，茶饭不思，梳洗无心，神情恍惚。

丫鬟们见欧阳小姐不像往时那么有说有笑，独自吟诗作赋，吓得个个屏息静气，侍立两旁。

欧阳小姐这才觉得气氛不对，环顾一下四周，苦笑道："今晚是女儿节啊，大家怎么不乐一乐呀？"

丫鬟们相视一笑，依旧不作声。

欧阳小姐知道大家拘束，便称身体不适，款款上绣楼去了。

小姐一走，丫鬟们便放怀地乐起来。

欧阳家族大院和欧阳家族在当地赫赫有名，几代人苦心经营着"德泰营"丝绸公司（翻阅古镇的史书，我才知其品牌叫"寿生牌"，清朝年间已远销到日本、英国等地）。

欧阳家族系名门望族，家风甚严，唯独欧阳小姐与四个丫鬟情投意合，无话不谈。

欧阳家族府上这四个丫鬟个个能干，各有司职。

春桃心灵手巧，主管酒果食品。

夏莲勤劳朴实,掌管香炉茶灶。

秋菊亮丽多姿,管辖四时衣衫。

冬梅灵慧机敏,司职首饰脂粉。

另外,秋菊、冬梅还兼管其他事宜。

秋菊服侍王氏安人,冬梅陪伴欧阳小姐。

生性快活、爱说爱笑的夏莲早已憋不住:"今晚是我们姐妹的节日,是该我们乐一乐的时候了。先唱首拍手歌吧,把儿时的欢乐唤回来该有多好!"

"好啊!好啊!"冬梅、秋菊、春桃齐声赞同。

四人相对围坐在庭院的葡萄架下,边唱边拍手——

月娘月娘亮光光,
秀才骑马过荷塘。
荷塘荷塘竖耳听,
秀才划船去载金。

一塘碎银无碎金,
船转南海载观音。
南海观音也一般,
难比白蛇切切心。

白蛇娘娘要打扮,
打扮诈仙去做官。
去时草鞋共雨伞,
来时白马配金鞍。

高高门楼拴骏马，

阔阔祠堂竖旗杆。

夫妻恩爱到白头，

家门兴旺人皆欢。

…………

唱着唱着，夏莲的手使劲拍到春桃的手背上："拍对了吧，我们的春桃姐姐人好心好人更巧，我们几个中她最会收拾打扮，那就打扮打扮丈夫去做官！"

众人闻言，笑声四起。

春桃的脸顿时飘满桃花的色彩。

冬梅正色道："可别欺负老实人，要说会打扮，我们四姐妹中，就数夏莲了。"

夏莲大笑道："对对，我是会打扮，打扮丈夫去耕田。"

春桃、秋菊、冬梅甚是不解，望着夏莲。

夏莲说着说着，乐滋滋地吟唱起来——

一对船桨插银河，

布衣麻裙映碧波。

新科状元我不嫁，

情愿许配种田哥。

状元头戴是乌纱，

只顾朝廷不顾家。

妾身愿嫁农夫婿，

昼来耕田夜归家。

做官做吏名声响，

不如农夫做我郎。

夫唱妇随天天见，

这才算是好主张。

…………

冬梅指点着夏莲,笑道:"亏你唱得出口!"

春桃低声嘀咕:"怕只怕,男子道貌岸然,口是心非。"

多愁善感的秋菊说:"我们姐妹同伴一生,都不要出嫁,天天在一起多好啊!"

"要得要得,不嫁不嫁都不嫁!"

夏莲高喉咙大嗓门地又说道:"那你得唱一首梓州民谣,说明我们为什么不嫁。"

秋菊不推辞,润一润嗓子,便唱将起来——

七月七日七星光,

七粒珠星述衷肠。

珠星在此月在彼,

不见姐妹心头凉,

七月七日七星稠,

七粒珠星述哀愁。

珠星在此月在彼,

不见姐妹泪长流。

…………

秋菊唱得很动情,众姐妹心头酸酸。

冬梅便说道:"天下没有不散的筵席。姐妹们迟早要各奔东西。各人都有各人的心事与盼望。不必忧愁了!"

见众姐妹频频颔首,秋菊又说:"今晚是女儿节,大家尽情对天祷祝吧。"

丫鬟们又活跃起来,争相拜月、祈祷。

夏莲撇撇嘴,拖过冬梅说道:"冬梅姐,你怎么念叨个没完没了?你和马郎前天不是刚刚见面了吗?"

原来,冬梅和欧阳家的马夫张二娃多说了几句话,被路过的夏莲瞅见了。

冬梅扭脱身,郑重地把檀香插上,正色道:"你真会瞎喳喳,我是替欧阳小姐祷祝呢!"

"你才瞎喳喳,小姐可不用你帮腔助威,她早就给自己祷祝了啊。"夏莲心中有数。

"你怎么知道?"

"我呀,刚才从欧阳小姐朱唇翕动中看出来的哦。"

"你呀,又瞎喳喳了。"冬梅抿住嘴笑,吓唬她:"夏莲,看我去告诉小姐,有你的好果子吃!"

"好姐姐,别乱说。我是说着玩的。这几天,我老是看见小姐长吁短叹,有时拿把扇子呆呆地看好半天;有时她坐在桌前垂泪。听说那把扇子是章大爷送的?"

冬梅不语,轻轻摇头。

夏莲继续逗能地说:"冬梅姐,你尽在小姐身边,要是小姐真看上他,我就去说媒去,用不着求月老。你看,月老对他身边的牛郎织女不也是爱莫能助,无能为力吗?"

"看我不撕烂你的喜鹊嘴巴！小姐的事用不着你多嘴！"冬梅边说边去追打夏莲。

夏莲绕着八仙桌，嘻嘻哈哈地转跑起来，以为拿她没有办法。

冬梅来了个风车颠倒旋，转身就把夏莲揪住，喘着气说道："夏莲啊夏莲，你只晓得轻狂，一年一岁看着长，要多学点女工针织手艺。今晚，你该为自己乞乞巧了。"

其他丫鬟们一声应诺，各自跑回自家的睡屋。

很快，丫鬟们拿出绣花针和五彩丝线，坐在月光下比试，看谁能在月光下穿针引线，且又快又好。

这时，一弯月牙挂在翠竹梢上。

这时刻正是"今日云骈渡鹊桥，应非脉脉与迢迢。家人竟喜开妆镜，月下穿针拜九霄。"

湛蓝蓝的夜空星光闪闪烁烁，像是不懂情恋的小姑娘，悄悄地眨动明眸，无忧无虑地窥视着欧阳家族的大院。

夏莲拿出绣花针和红丝线，比一比，看了看。

月色淡淡，秋虫吟哦。

夏莲瞪大眼珠，还是看不清绣花针的针眼，嘟着嘴说："哪个给我换条黄丝线吧？"

姐妹们马上给她递了过来，嘱咐她别着急。

但见，夏莲屏息静气，短细的两个指头捏着线头，朝着针孔穿去，可一连好几次都偏了。

夏莲还是不甘心，又换了一条黑丝线，先剪齐线头，用整齐的牙齿把线头咬细，再用手指轻轻地将湿湿的线头搓得细细的，然后小心翼翼地朝针眼穿去，可还是一连好多次都没有成功。

"看你的嘴巴厉害，手脚却笨得出奇。还是我来吧。"冬梅不耐烦了。

"你没见乌云遮住了月光吗？"夏莲不认输，等乌云飘过去，月牙儿

钻出来,再将丝线往针孔穿,手一抖,又偏了。

冬梅见状,吃吃地笑了起来。

夏莲头一昂,还嘴硬:"你没看见吹来风了吗?眼睛让飘下来的头发遮盖住了哦。"然后,夏莲理理发丝,摆好姿势,线头又从针眼旁边滑过。

冬梅再也憋不住了,一把将绣花针和丝线夺了过来:"我说你不行就是不行,这是细巧活,蛮干不得行!夏莲过来,看看我的!"

夏莲嘟着嘴嘀咕着:"我看看你究竟有多能。"

冬梅先用白丝线对着针眼,瞄得准准的,正欲穿将过去。

"冬梅姐,你真行啊!"夏莲故意大声叫喊。

冬梅手一抖,丝线从针孔外边一滑而过。

"啧啧,你的手艺也不咋的,三斤鸭子二斤嘴!"夏莲嬉闹着说。

"别胡闹!"冬梅用嘴唇抿一抿线头,再慢慢地用牙齿咬着线头,用力一拽,把线头扯散开,再捏揉成细条,对准针孔一下就穿过去了。

姐妹们"嘀哟、嘀哟"地欢呼起来。

夏莲一下子便老实了许多。

"穿白丝线不稀罕。"冬梅纤纤两指捡起红丝线来。

此时,月色模糊,很难辨清。

山风微微吹来,众姐妹围住了专心致志的冬梅。

冬梅理理鬓丝,屏神敛气,对准针眼又稳稳当当穿了过去。

姐妹们再次发出一阵喝彩。

冬梅尚未尽兴,又拿起一条乌丝线,跃跃欲试。

姐妹们更加吃惊:"哦哟,乌丝线也能穿过去吗?"

"试试看吧。"冬梅微微一笑,拿起乌丝线,此刻那乌丝线竟和暗淡的月色融为一体,完全辨认不清。

姐妹们疑惑地看着冬梅的一举一动。

冬梅捏着针和线,虽然努力,但果然还是几次都没有穿准。

一旁的夏莲得意扬扬,嘴不饶人:"嘿嘿,我说不行就是不行!大家不信就都瞧瞧,是不是啊?!"

大家一听就明白,夏莲是拿冬梅的口气挖苦呢。

冬梅平静地望望夜空,转转身子,背朝星月之光,再次拿起针线,只见尘埃般的针眼和线头,两个细微的端点终于叠合在一起了。

"穿过去了!"姐妹们拍着手,跳着,喊着,围着冬梅不停地打转。

"你们也乞乞巧吧。"冬梅把针线交给姐妹们。

月牙儿溜下竹梢,像是缓了一口气。

满天的星斗闪烁,更像是没有回过神来。

欧阳家族大院只闻清风起,万籁皆俱寂。

"未会牵牛意若何,须邀织女弄金梭。年年乞与人间巧,不道人间巧已多。"绣楼上,欧阳小姐轻声吟诵着这样的诗词,随风飘进丫鬟们耳鼓。

大院里,葡萄架下,姐妹们围坐在一起。

冬梅闻得小姐念读的诗词,便在一旁望着天空,一遍遍指点夜空,寻找着牛郎织女星。

此时此刻,正像是秦观描绘的"柔情似水,佳期如梦,忍顾鹊桥归路!"

春桃说:"牛郎织女这会儿该过桥相会了吧?"

"喜鹊还坐在那里乞巧,不去搭桥,牛郎织女咋个能过桥相会哦?"秋菊也冒出这么一句话来。

冬梅见夏莲还在聚精会神练习穿针,笑道:"算了吧,以后再练,快过来搭鹊桥呀。"

"你不是说不用我搭鹊桥吗?"夏莲伸伸懒腰,放下针线:"要是我的鹊桥一搭,牛郎织女便能相见,我马上腾云驾雾赶去。"夏莲说着走了过去。

"哎哎,那是什么?"秋菊指着天上惊叫。

姐妹们循着她的指尖望去,只见一抹淡淡的星云从欧阳家族大院上空移过,像是一把拖地的扫帚,仿佛听得见呼呼之声。

"扫帚星!"冬梅脸色煞白,惊呼起来:"灾星出现,不好啦!"

姐妹们悚然。

古人云:"秋七月,有星孛入于北斗",见则有战祸,或天灾。

大家面面相觑,不知灾祸会降临到哪个人的头上。

欧阳大院刚才嬉闹的气氛一扫而空,大家心情格外沉重。

"冬梅,老爷派人唤你哩!"豆腐房的雷妈妈站在门口传话。

冬梅心里一沉,会是什么事?难道灾难立即降落到自己头上?!

冬梅惴惴不安,心绪万端地向后堂走去。

残月下去了。

露水映着星光,挂在竹梢上、葡萄叶间、屋檐上,像一颗颗晶莹的泪珠。

忽然,又闻得一阵歌声从涪江畔传来,谁家女儿还在唱着梓州民谣——"已惯天涯莫浪愁,寒云衰草渐成秋,漫因睡起又登楼,伴我萧萧唯代马,笑人寂寂有牵牛,劳人只合一生休",幽怨凄楚,断人心肠⋯⋯

这正是:

银河南北,金风玉露怎相会。

鹊桥东西,又是一年七月七。

秋高气好,玉人无恙花中笑。

云淡风轻,倾心三载更一生。

后记:因为沧海桑田,世事变迁,曾是千金小姐的曾外祖母在少女时代祈求过无数神灵,许下过无数诺言,谋求美满婚姻,但最后还是下嫁给了我的外祖父，一生过着极其普通平凡的乡村生活。

虽然曾外祖母从来不会种田耕地，煮饭喂猪等农家事务，但培育膝下的六个儿女却孜孜不倦，教诲谆谆，他们秉承了曾外祖母的很多优良品性，后辈有过不少可歌可泣的真情故事，部分在报刊刊登、转发（如报告文学《擦干眼泪，他是顶天立地的孝顺男儿》，写的就是曾外祖母的孙子）。

十年前，九十七岁的曾外祖母驾鹤西去，我去参加她的葬礼，周围四邻的人无不夸奖曾外祖母善良谦逊，诲人不倦。

为此，我曾经写过《曾外祖母的名字》、《彼岸的曾外祖母》、《追忆似水年华》等拙稿。

今天，在2009年七月初七乞巧节来临之际，我草拟此文，内容为曾外祖母昔日给我讲的关于她少女时代的故事。

谨以此文献给离开我已经十个春秋的曾外祖母！

我的遥远的史铁生
——由史铁生的两篇小说说开去

史铁生留下的不只是他的作品，更是他人格的力量。

——作家迟子建

一

那天天色阴霾，那个悲痛的噩耗，是我偶尔从"新浪网"新闻中心获悉的。

12月31日，2010年最后一天的凌晨，那位被誉为"轮椅上的哲人"，自称"职业是生病，业余在写作"的人，那个一直靠透析维持生命的人，终于撒手人寰，羽化仙逝。

就在他生命的最后一刻，在医院所做的最后一次手术也很感人，就是将他自己的脊髓、大脑、肝脏等身体器官，无私捐赠给了有需要的患者和医疗机构。

他生前有过遗愿，只要自己身上还有一件对别人有用的器官，当自己离开现实世界时，都要无保留、无条件捐赠他人。

这个人的精神离我很近，这个人的灵魂离我很远，他，就是我一直敬仰的作家史铁生。

二

我敬佩史铁生，是因为他"心向于静，戒绝浮躁"、"只问耕耘，不问收获"。

我敬仰史铁生，是因为他说过："没有真正的强者，只是弱者弱化了自己的能力。"

难怪作家何建明感叹道："中国作家中像史铁生这样坚持写实写作的人不多了。当前，我们有相当一部分作家静不下心，跟着社会的浮躁而浮躁,保持自己独立创作行为的作家越来越少,我们每年都会产生不少富翁作家,可究竟有多少作品能流芳百世?"

这话很对,令酷爱文学的我夜不能寐,心灵震撼,心潮起伏,浮想联翩。

这些年,中学生的日子在我的指缝间流淌,沉重的心灵不断地被琐碎的校园生活切割。

心冷孤寂的时候,唯有对史铁生小说的深情膜拜,深刻参悟,方可以温暖我的周身。

遗憾的是,最初阅读史铁生的作品,是老爸强加给我的一项任务。

三

我真正接触史铁生的作品,是在初中时期。汗颜的是,仅仅只有《我的遥远的清平湾》、《命若琴弦》两篇小说。

就这两篇,就给了我内心世界极大的震撼与莫大的启迪。

在这两篇小说中,史铁生既有着深刻的自我体验表达,也有着人类共同经验的传达。他从个人一己的生存体验出发,而最终超越自我,抵达人类的一种普遍经验。正是史铁生文学创作成就卓著的一个标志性特征。

史铁生描写的遥远的清平湾,我阅读了一遍又一遍,至今仍旧感到,清平湾并不遥远,它就在作者的心里,在我们读者的眼前。

我所了解的黄土高坡,在冬季温暖的阳光下,一排男女老少蹲在墙角晒太阳,男人抽袋旱烟,女人拉家常,是陕北大地上特有的风景线。

而史铁生描绘的却是那样鲜活:那一道道的黄土高坡,那一群群慢慢行进的牛群,那一孔孔窑洞中住着的婆姨娃娃,那整天唱个不停的白

老汉,那纯洁无瑕的留小儿,都让人觉得那么亲近,甚至嗅到了那里独特的黄土味。

白老汉(破老汉)是个为新中国的建立出过力、流过血汗的人,他曾跟着解放军队伍一直打到广州,若不是眷恋着家乡的窑洞,他就不是现在这个拿一根树枝赶着牛,走一路唱一路的破老汉了,也不会让他的留小儿吃不上白肉(肥肉),穿不上绒袄了。这些当年老革命根据地的乡亲们仍过着穷日子,他们生活的目的很单纯,最大的愿望就是"一股劲儿吃白馍馍了。老汉儿家、老婆儿家都睡一口好棺材。"

留小儿代表黄土地上年轻的一代,羡慕城里人啥时想吃肉就吃,却不明白为什么北京人不爱吃白肉。

那时乡下人太多的疑惑与下乡知识青年的行为,都会令现下我们这些青年很是费解——

作为90后的我们,不得不佩服当时放弃城里无忧无虑的生活,争先到荒芜的农村安家落户的"知青";佩服那些肚子填不饱却不停地自由高唱陕北民歌的"黄土地上的老百姓"……

每当我拜读《我的遥远的清平湾》时,脑海总是在悄无声息的潜移默化中,被史铁生那字里行间的脉脉亲情、点点情怀而深深打动,也常常勾起我童年时接触到的农村生活的美好回忆;阅读之时,我要么会会心地一笑,要么也会忍不住要流淌泪水。直到一口气读完《我的遥远的清平湾》,轻轻地合上书页,静静地闭上眼帘,清平湾的风土人情扑面而来,与我相映成趣。那样的感受,活像一杯悠远味长的峨眉峨蕊茶:品尝的阶段总是泛动着淡淡的苦涩,回味的过程里总回旋着丝丝的余甜,尽管茶水已尽,却是意味无穷,恰如《邶(bèi)风·谷风》中的"谁谓茶苦,其甘如荠"。

据说创作这篇小说时,史铁生抛掉了个人的苦闷和感伤,他让我们从清平湾那些平凡的农民身上看到了美好、淳朴的情感,看到了他们从苦难中自寻其乐的精神寄托,看到了坚韧不拔的毅力和顽强的生命力。

但是,史铁生笔下的清平湾距离我们越来越近,那片土地至今继续着生命的顽强,人性的美好,红犍牛老了,白老汉也还唱着那高亢有力的歌谣,留小儿也明白了许多生活的道理,但史铁生的内心的那个真正的清平湾,却离我们越来越远了。

四

短篇小说《命若琴弦》情节不复杂,写了一个七十岁的老瞎子和一个十七岁的小瞎子,不停地翻山越岭到各个村落去弹琴说书,老瞎子的目标很平实:就是为了弹断一千根弦,以获得医治双眼的神奇药方。

这篇小说之所以让我难以忘却,是因为史铁生通过老瞎子和小瞎子的悲剧命运,以一种寓言的方式触及了人类的生存、死亡、困境、超越困境等重大主题。

我于是想,老瞎子和小瞎子与残酷命运的抗争,揭示了人类不屈服于艰难命运的顽强与伟大。

"命若琴弦"的含义,可以用文中老瞎子师傅的话来解释:"人的命就像这琴弦,拉紧了才能弹好,弹好了就够了。"我后来邯郸学步一般写过一篇随笔《命若琴弦》,自认为人就该有一个目标,为了实现这个目标,不管结果是什么,我们要踏实做好每一步,做好每一步就行了。

对于真正意义上的命若琴弦,史铁生另外一段话可以做解释:"无限的坦途与无限的绝路都只说明人要至死方休地行走,所有的行走加在一起便是生命之途,于是他无慎无悔不迷不怨认真于脚下,走得镇定流畅,心中倒没了绝路。这便是悟者的抉择,是在智性的尽头所必要的悟性补充。"

于是,我从两个瞎子身上都能捕捉到作者的影子,正是因为他们自身的生理缺陷,让他们对生活和人生有了更深刻的体验。

有人说过,不管是史铁生,还是老瞎子,在苦难到来之时,都进行深刻的思考,最终得到一个结论,生命要找到一个生存下去的目标(琴弦),哪怕那是虚无的目标。他们不是让个人明白这个道理就算了,他们都在努力,用自己的方式去帮助别人,特别是同类的人,这是他们感悟后的人格超越。

史铁生的小说《命若琴弦》似乎在说明一个人生道理,身体有缺陷无关紧要,最重要的是找到生存的精神支柱。就像作家毕淑敏说的人生无意义,但要找个意义活着。因而史铁生也说过:"有了一种精神支柱应对困难时,你就复活了。"

五

中国残联主席张海迪说过:"史铁生的离世,让我们更加感觉到在当今文坛应当呼唤史铁生的这种文学精神和对文学本身的敬畏。我们怀念史铁生,是他用一生为我们提供了令人珍视的精神向度。他的一生被病魔折磨着,但他是快乐的。一个人的快乐,不是因为他拥有得多,而是因为他计较得少。多是负担,是另一种失去;少非不足,是另一种有余;舍弃也不一定是失去,而是另一种更宽阔的拥有。"

史铁生的大半生与轮椅相伴,但他的文字中所包含的思想意识、精神境界和灵魂世界是伟大的。

是啊,一个人的命运可以定格一个人的位置,却决定不了一个人的社会价值。人们的身体可以有残缺,但永远也阻碍不了一个人精神的行走。

史铁生离开了我们,但他的精神和灵魂永远活着,并永远激励着我们的言行,照耀着我们的前路。

我们之所以怀念看似遥远其实并不遥远的史铁生,不是敬仰他的名气有多大,而是敬仰他的精神境界有多高,敬仰他对人类和社会做出的贡献有多大。

今日我怅然又一次想起史铁生,如今天上人间,再也不能相见,胸中不禁泛起阵阵失落与酸楚,有时不免潸然泪下,深感"人生天地间,忽如远行客。"

想到人生苦短,顿觉生活中的所有愁苦、所有得失也不必在意,似乎唯有走近史铁生的灵魂,行走在他用文字营造、构建的实实在在的空间里,才能对人生的许多困惑大悟大彻。

史铁生朴实的文笔似乎有一缕美丽的清音能撩响心钟,给我一些清醒和从容,平抚着心底的躁动,让我感悟着人生的悲喜,理解生命的况味。

诗人阳春雪饱含深情地写下诗歌《怀念作家史铁生》,我记住了其中的一段诗句——

你在人生绝境中顿悟

灵魂与肉体的博弈

截瘫的身体驮着

沉重的黎明吃力的上升

你远离世俗喧嚣

将精神之树根植于孤独的夜空

在浮躁的时空里凸显沉静之美

你笃定踏浪心河

放舟等待,翘首归期

漫漫行魂路

深深爱愿情

斯人驾鹤去

精神永传承

…………

悲壮英雄袁崇焕

一生事业总成空，半世功名在梦中。

死后不愁无勇将，忠魂依旧守辽东。

——袁崇焕　临刑口占

袁崇焕画像

　　袁崇焕（1584~1630），字自如，又字元素，祖籍广东东莞，明朝著名军事将领。他戎马一生，为守卫明朝东北边疆、抵御清军进攻，立下了赫赫战功。不幸遭奸佞陷害，致使崇祯帝中了皇太极的离间计，错杀袁崇焕，造成千古奇冤。

第一章

公车犹记昔年情，万里从戎塞上征。牧围此时犹捍御，驰驱何日慰生平！

由来友爱钟吾辈。肯把须眉负此生。去住安危俱莫问，燕然曾勒古人名。

弟兄于汝倍关情，此日临歧感慨生。磊落丈夫谁好剑，牢骚男子不能兵。

才堪逐电三驱捷，身上飞鹏一羽轻。行矣乡邦重努力，莫耽疏懒堕时名。

——袁崇焕写于山海关

在去北陵（清昭陵）之前，我总是以为北陵是埋葬努尔哈赤的地方，直到那年我们一家人亲临其境，才知道弄错了。

然而，人生于世，孰人无错？只不过有的人错了一次就亡羊补牢，从此不犯相同的错误，有的人却一错再错，错得一发不可收拾，此外也有人将错就错，到头来反而错有错的道理。

我那天所犯的错误，真真属于后者。

那天，我们去了以后，我孤身一人走到了北陵，原本想要打听努尔哈赤的葬身之处，却被人告知北陵是埋葬努尔哈赤儿子皇太极的地方，努尔哈赤葬在东陵。当时，我先是一怔，随即心下狂喜：原来皇太极竟然埋葬于此！

我早就想到皇太极的坟前看看了，这并非是我特别推崇他，而是因为他是设计杀害袁崇焕的人。据说皇太极的皇陵里有皇太极的塑像，我

很想看看这位害死我心中大英雄的人物究竟长的是什么模样。

那天是国庆节，沈阳的气温有点凉，秋高气爽，我们徒步走入北陵，看到这个在大清曾是戒备森严、轻易不许闲人进去的地方，如今却挤满了来自五湖四海、形形色色的闲人游客。我费尽了九牛二虎之力，挤到了皇太极的塑像跟前。

皇太极不是一个坏人，连长相也不像，精明能干中透着几分平易近人，比起他的父亲努尔哈赤，他少了几分彪悍勇猛。

是啊，努尔哈赤是继成吉思汗之后的另一位骑在马背上的少数民族的英雄。

努尔哈赤曾在一位汉人大官手下做过事，熟读《水浒传》与《三国演义》，后来他用兵很多便得益于此。努尔哈赤二十五岁起兵，凭着从两部小说学到的知识，以及个人过人的军事天才，一生大战小战数以百计，屡战屡胜，可谓用兵如神。

不过，世上没有不败的英雄，即使是成吉思汗，他虽然没有败在敌人的手里，却求长生不成，最终败给了死神。当然，对于一个久战沙场的武将，这是虽败犹荣。但是，努尔哈赤的运气没有成吉思汗好，他在宁远（现在的新城）大战中就败给了明朝的大将袁崇焕。

在那场恶战中，努尔哈赤被袁崇焕的大炮击中，身负重伤，最终只能惨败而回，郁郁寡欢。来自遥远的广东东莞的将领袁崇焕修书一封，派人给努尔哈赤送去。信中大概如此说道："将军举事以来所向披靡，享名久矣，今日却败在小子手里，恐怕是天意了。"努尔哈赤读完直气得半天说不出话来，他把几个弟弟和儿子们召到病榻跟前，异常悲愤地说："我一生大小征战无数，攻无不克，战无不胜，但为什么单单一个宁远城却攻不下来？为什么！为什么？"

之后不出一年，努尔哈赤就抱憾死去。这是他生平第一次打败战，也是最后一场。

努尔哈赤死后，皇太极继承了他至高无上的位子。

皇太极在军事上虽然远不如父辈努尔哈赤，在政治上却比努尔哈赤有过之而无不及。他一面跟袁崇焕巧妙周旋，一面却不动声色地出兵把朝鲜给征服了。

明朝时候，朝鲜是明帝国的附属国，明军与清兵交战，他们就帮助明军牵制清兵的后方。皇太极把朝鲜征服后，一方面解决了军事上的经济需要，另一方面也解除了后顾之忧，真正避免了两线作战。

不过，相比之下，明朝实在是太强大，皇太极首先想到了要与明朝政府讲和。遗憾的是，大明朝廷以天朝上国自诩，认为清政府只是一个微不足道的小政权，根本没有讲和的资格与条件，故而几次都拒绝了。无奈之下，怀柔不成就选高压，哪怕是鸡蛋撞石头，皇太极只好硬着头皮出兵攻打袁崇焕，以图入关推翻明朝的政权。

袁崇焕当时领兵在重镇锦州，是阻挡清兵入关的第一道防线，皇太极若想攻打北京城，只有先将袁崇焕打败，其做法有点像宋江攻打曾头市，必须赚取玉麒麟卢俊义来打败"曾家五虎"的教师爷史文恭，彻底搬掉绊脚石。

可是，虽然袁崇焕只是文官出身，却并非等闲之辈，除了文章作得四平八稳，军事上也是历史上一等一的了不起人物，连威风八面的努尔哈赤都败在他手里，皇太极自然也讨不到什么好处。皇太极曾几次亲率大军攻打锦州，每次均以失败而告终。

既然打不过袁崇焕，皇太极只好另想他法。

当时蒙古已对清政府俯首称臣，于是，皇太极甘冒奇险，亲自率领数十万大军浩浩荡荡从蒙古出发，兵分两路进犯龙井关、大安口，直接威胁北京城的安危。

袁崇焕闻讯后大惊失色，急忙引兵日夜兼程入关护驾，居然比清兵提前两天赶到了北京城外屯扎。

　　袁崇焕的一举一动对明朝少年皇帝崇祯来说，应该算是忠心耿耿了，他也自问有功无过。可是，崇祯并不感激他，因为当时有个传闻，谣传清兵正是袁崇焕引来的，目的是为了逼朝廷与清兵讲和。当时袁崇焕兵权在握，崇祯不敢轻易得罪他。崇祯一面颁旨"勉励"那些几乎筋疲力尽的两千名袁军，一面却下令禁止他们入城稍歇休整，并逼袁崇焕领着他们去攻打强悍的皇太极大军。

　　天子脚下北京城的老百姓也不领袁崇焕的情，他们屡遭兵燹，一时间怨声四起，却把岌岌可危的局势全都怪在了袁崇焕一个人的头上，他们聚在北京城头，不但破口大骂，还极尽羞辱，纷纷朝袁军扔石头、吐口水……

　　从战略上讲，以疲惫不堪的兵马去对抗士气高涨的敌军乃是兵家大忌。但既然天子有令，所谓"君要臣死，臣不得不死"，袁崇焕牙关一咬，拔出佩剑，一声大吼，带着两千疲惫的兵马绝尘而去。在他们的前方，等待他们的将是皇太极的先头部队——二十万精兵悍将。

　　看过电视剧《亮剑》的都记得那个场面：李云龙独立团所剩无几的骑兵连与强悍的鬼子骑兵大队做最后的拼争，那就是血淋淋的战争啊！袁崇焕兵寡将微，与那个惨烈场面近似，战争很残酷，也很惨烈，袁军抱着必死之心，沐血奋战，结果他像威震逍遥津的大将张辽一样，却意外地以少胜多，赢了！

　　也许，经过无数次的大小恶战，清兵早已被袁崇焕打怕了，也许，确实是哀兵必胜，又或者是其他什么原因，反正是谁也想不到，袁军以一当百，结果竟然以胜利告终。

　　皇太极这一惊非同小可，不过他很快又镇定下来，并想出了一条妙计：他假装与袁崇焕私下有密约，将要对大明不利，故意让两名被俘虏的明朝太监得知，又故意让他们逃脱回去向崇祯皇帝告密。

　　崇祯疑心极重，听了两名太监的话，深信不疑，果然就上当中计了。

他又十分缺乏耐性,清兵尚未打退,就迫不及待地将袁崇焕打入了天牢。

幸好,经过这次大败,皇太极知道军心已动,加上他一直担心大军远离自己的京城奉天(现在的沈阳),后方兵力空虚,过于冒险,更何况,他不知道袁崇焕什么时候会被放出来。所以,尽管他明知这时是攻打北京城的最好时机,最后却不敢冒这个险,叹了口气就班师回朝了,错过了一次推翻明朝的机会。

第二章

北阙劝王司,南冠就絷时。果然尊狱吏,悔不早囊尸。
执法人安在,招犹我自知。但留清白在,粉骨亦何辞。

——袁崇焕入狱后所写

明朝廷的很多大臣都知道袁崇焕是冤枉的,有些人还站出来向崇祯求情,恳求崇祯把袁崇焕从天牢释放出来。崇祯没有答应,还把他们也关了起来。

崇祯这么做,主要是出于对武将的畏忌。

恩格斯说,历史往往有惊人相似之处。这话不假。宋朝的开国皇帝宋太祖赵匡胤本是个武官出身,后来陈桥驿兵变黄袍加身,把主子废了取而代之,他得了天下后,害怕哪个武将也来个"黄袍加身",跟自己夺位,于是想尽种种办法抑制武官。他的后代继承了他的这种作风。明朝与宋朝相去不远,明朝皇室传承了宋朝的"优良传统",其做法是有过之而无不及的。

袁崇焕就有些特别,他是进士出身,属于文官,不过他文武双全,太会打仗,不是纯粹的文官。

既然会统兵打仗，那就是危险人物，更何况他连朝廷命官毛文龙也敢杀，"任性妄为"得很。偏偏崇祯又向来是买来钢笔自己用（刚愎自用）的主儿，后来他虽然清楚袁崇焕是被冤枉的，但他是皇帝，天下所有人的生杀予夺大权都操在他一个人手里，他爱杀谁，谁又管得着？再说，皇上位居九五之尊，哪里会做错？既然他崇祯没有错，那么就是袁崇焕的错了。

于是，崇祯"将错就错"，把袁崇焕杀了。

袁崇焕被杀的罪名很含糊，可比之于当年秦桧在风波亭杀岳飞所用的"莫须有"。

但是，袁崇焕死得远要比岳飞惨。

据史料记载，岳飞蒙冤被杀，所受到的除了当头一刀，此外还有令人痛不欲生的生剥人皮（小说《说岳全传》上说，岳飞是与其子岳云、部将张宪一同被吊死在风波亭的）。而袁崇焕的死就令人触目惊心了，他所经受的是古代酷刑之最的磔（zhé）刑——凌迟。

何谓凌迟？凌迟乃是古代最残酷的一种死刑，始于五代，一般只有在惩处叛主卖国的罪犯才用的。刽子手执行此刑时，不得将犯人一刀杀死，要"先割肢，后断喉"，要一刀一刀地慢慢割，若犯人没被割满事先判定的刀数而死，就是刽子手失职，是要被问罪的。

凌迟酷刑也出现在《亮剑》中，鬼子大佐谙熟此刑，审讯八路军独立团保卫干事朱子明时，仅用凌迟威胁了一番，朱子明便吓得灵魂出窍，赶紧来了个竹筒倒豆子。千百年来，千刀万剐正是磔刑凌迟的形象概括。

对袁崇焕行刑那天，北京城的百姓都很愤怒。

请不要误解，老百姓的愤怒可不是因为袁崇焕将要含冤被杀，恰恰相反，他们看了崇祯的布告，得知袁崇焕是个"大汉奸"，对袁崇焕恨之入骨。刽子手每自袁崇焕身上割下一块肉，老百姓就纷纷掏钱抢着买。那些买到的，双膝一跪，仰天号啕大哭，然后把那块鲜血淋漓的"汉奸肉"往嘴里送。而更多的是那些没有买到的百姓,他们不断催促刽子手下刀快点。刽子手们当然乐于满足大家的要求,但是他们不能照办,动手快了,袁崇焕就挨不到千刀了。

百姓疯狂了,一个触目惊心的场面出现了:老百姓当中有个人等得失去了耐性,忽然扑了上去,张口就往袁崇焕身上咬。刽子手惊呆了,割肉的刀掉在了地上,而其他执刑人员没有阻止那个百姓。于是,其他百姓纷纷效仿,一拥而上,直咬到袁崇焕的肠胃仍不止口……

人们常以"痛如刀绞"来形容其痛,现在袁崇焕真的被千刀万剐了,他会不会感到很痛?但是我想,无论肉体上再怎么痛,总比不上内心深处的痛来得惊心动魄吧!

我时常想,袁崇焕在死前一定会想:"我对皇上忠心耿耿,他为什么要下令杀我?!都说群众的眼睛是雪亮的,我风尘仆仆赶回来拼死保护他们,他们为什么却对我恨之入骨、要将我咬死而后快?!"

将军的鲜血流了一地,刽子手这才举起大刀,冷风中,头颅滚落……

崇祯"将错就错"杀了袁崇焕,不过,他没有了皇天保佑的幸运,袁崇焕一死,朝中再没有可以抵挡清兵的大将,再加上全国遍地揭竿而起的民众,明朝这时已经是日薄西山,摇摇欲坠。十五年后,李自成的农民起义大军攻破北京城,崇祯被逼景山上吊身亡,他日日焦虑着苦苦想要保住的大明江山,最终还是毁在了他自己的手里。他可一点也没有错吗?

崇祯在位十七年,没有一个可信的臣子,光兵部尚书就换了五十个,但他不好色,也不贪财,还勤于朝务,加上他临死前撰写的那份要农民英雄李自成好好对待天下百姓的遗书,于是,大家都说崇祯其实是位好皇帝。当然,这些都已经是后话了。

袁崇焕死后,他的头颅被刽子手抛弃在街上。袁崇焕生前有一位姓余的家人,对他非常忠心。这位家人冒着杀头危险,趁着夜色偷偷把袁

崇焕的头颅收起来,埋葬在北京城外(东花市斜街 52 号院内)。他从此一直守护在袁崇焕的坟墓旁,临死前还吩咐子孙们要一代代地守将下去。据报载,六十多岁的老太太余幼芝自称从 1630 年至今,余家已经守了三百七十二年的墓,历经了十七代。

据说,余家的后代恪守祖训,一直到现在还在那里守着。

两百多年后,乾隆下令编撰《明史》,史官翻阅皇太极的资料,找到了皇太极当年曾对袁崇焕使用反间计的证据,最后由乾隆下旨,将此事编入史书,并下令保护袁崇焕的坟墓,算是为袁崇焕平了反。

一心想要保护的人,到头来却杀害了自己;终生与之抗衡的敌人,其子孙却为自己伸冤! 不管乾隆用意如何,袁崇焕泉下有知,应当是难以瞑目了。

后世的历史学家谈到袁崇焕之死,都认为他是历史上死得最惨的武将。

第三章

天上月分明,看来感旧情。当年驰万马,半夜出长城。

锋镝曾未死,图圆敢望生。心中无限事,宵柝击来惊。

——袁崇焕写于狱中

死者已矣。

如今,我站在皇太极塑像前,不由一阵怅然。

我并不痛恨皇太极,当时情形如此,除了想不到此计的人,换了谁都一样会那么做的,这就是历史,它不存在任何假设的可能。再说,皇太极也不是杀害袁崇焕的真正凶手,没有皇太极的反间计,崇祯还是会另找借口将他杀掉。

如此看来，只有一死，才是袁崇焕的最终归宿。

在皇太极的塑像旁，还有康熙、乾隆、道光等几座塑像，他们都是历史上的好皇帝，无论哪一位都比明朝的皇帝要好得多。明朝开国皇帝朱元璋残忍好杀，他的子孙没有出过一位好皇帝，变态的皇帝倒是出过不少。

因此，对天下百姓而言，清朝取代明朝其实不算坏事。只可惜，封建社会的老百姓汉人正统思想根深蒂固，他们认为清朝即使再好，也不如明朝好，因此反清复明的暴动屡有发生。20世纪香港不少武打片的题材取自反清复明的素材，日月会、天地会、哥老会等兴复大明王朝一时间成为电影编剧和导演、演员诠释的主旋律。

近代以来，国家实行民族团结政策，为了不伤害民族感情，国家对于那些不利于民族团结的许多事物都予以取缔。例如，我在学校学历史时，当提到岳飞，书里只说他因为抗金符合当时很多人的愿望，因而受到了南宋老百姓的尊敬和爱戴，他头上那个"民族英雄"的称号却不见了。

既然连岳飞都不能幸免，袁崇焕自然也不可能获得殊荣。

这确实是无可奈何的，按历史的标准去衡量一个人的功过，那是要看他是否有利于历史的发展，按照这个标准，像屈原、岳飞、袁崇焕等这些过去被认为是极有民族气节、被称为民族英雄的人，他们做过的在当时很有意义的事，今天看来却已显得没有多少意义。

但是，难道就真的没有意义了吗？如果真的是没有意义，那么，我们又该当如何面对这些死不瞑目的冤魂呢？

在我们周围，有"抗震救灾英雄"，有"打假英雄"，有"禁毒英雄"，有"舍己救人"英雄，也有"勇斗歹徒英雄"，连已故的台湾飞车明星柯受良也博得了个"飞跃黄河英雄"的称号，难道对于袁崇焕这等真正影响过历史的英雄，我们反而不能给他们一个完整的称号么？！

其实，还是有很多人愿意称袁崇焕为"民族英雄"的，比如说，民族团结观念很强的金庸先生，他在《袁崇焕评传》里提到一个叫作陈子壮的人物，这位陈子壮是袁崇焕的手下，他在与清兵交战时死了，金庸就称他为民族英雄。既然连袁崇焕这个手下都可称为民族英雄，可见在笔墨大侠金庸大师的心中，袁崇焕自然可以当之无愧地被称为民族英雄了。

袁崇焕曾经写下这样的诗词：功名劳十载，心迹渐依违。道说还山是，唯言出塞非。主恩天地重，臣遇古今稀。数卷封章外，浑然旧日归。这些诗句，袁崇焕借以抒发自己的壮志与自己持有的平静心态。乾隆四十九年（1772年）乾隆帝下诏为袁崇焕昭雪。《清高宗实录》载："袁崇焕督师蓟辽，虽与我朝为难，但尚能忠于所事，彼时主暗政昏，不能罄其忱悃，以致身罹重辟，深可悯恻。"

虽然乾隆于修史修书一事上素有劣迹，如四库全书事。但是据其所言，"袁崇焕督师蓟辽，虽与我朝为难"等话，已经可以确切证明袁崇焕并非汉奸之人。至乾隆时，清已开国一百余年，此时为袁崇焕平反，一者为弘扬正气，昭雪忠良，二者希望清朝能有人像袁崇焕忠于明朝一样为清朝效命。

近代则有著名资产阶级改良派康有为、梁启超在清朝末年，为了对抗反清的革命党人宣传汉族主义，修建了袁崇焕祠堂，并找来一个叫佘淇的人守祠堂。康有为考证出佘淇是袁崇焕身边一个叫佘义士的人的十二代传人，并一直为袁崇焕守墓。梁启超则写了《袁督师传》，给了袁崇焕非常高的评价，同时认为明朝皇帝杀害袁崇焕，所以才会亡国。乾隆修订的《明史》也记载"兄弟妻子流三千里，籍其家，崇焕无子，家亦无余赀，天下冤之。"（《明史·列传一百四十七·袁崇焕》）。袁崇焕纪念馆在北京崇文区东花市斜街广东义园旧址，即原来的袁崇焕祠墓，袁崇焕手迹《听雨》以及康有为题写的"明袁督师庙记"手书等珍贵文物将珍藏于该纪念馆。原墓堂廊柱曾悬有保皇党人康有为所书对联：自坏长城概今古,永留毅魄壮山河。

从清朝乾隆大帝为袁崇焕平反以后,袁崇焕成为清政府褒扬的民族英雄,袁祠墓也成为广东义园,安葬着袁崇焕未能返乡安葬的广东同乡。在"文化大革命"期间,袁崇焕祠墓受到很大的破坏,不但石碑被推倒,因为传说袁崇焕的头颅是黄金打造的,袁墓还被刨开来,结果挖了一丈多深,却没有找到所谓的黄金头,也没有人敢看,袁墓里到底有无尸骨。

1992年,人民政府重建了袁崇焕墓,2002年年初,北京市政府又决定重修袁崇焕祠。

不过,北京三百年余姓守墓人的故事,因为太过传奇色彩,被某些专家认为与历史事实有着比较严重的不吻合倾向,比如,有人认为历史上记载袁崇焕死后被传首九边,余家人并没有盗取脑袋的机会和可能性。

北京满学会会长阎崇年在百家讲坛的《明亡清兴六十年》中对袁崇焕做出了极高的评价,他也曾经明确表示过对余姓守墓人说法的怀疑。但此怀疑本身也可商榷,第一,直接记载"传首九边"的是熊廷弼,第二,碟刑以后,残骸一般还要挂至少一天,余义士并非没有机会。不过,要"传首九边"的头颅如果被盗,绝对是惊天大案,可惜的是现今的任何史料对这一大案均无记载!

更有说法的是,余老太太原本是满族人,汉姓曹,新中国成立后因为某些其他方面原因才更改的民族和姓氏。这是20世纪80年代初才编造出说三百年守墓的传说。不过也有人指出这只不过是无良房地产开发商对余老太太的不实污蔑,若如此,则某些人如此置大义于不顾,实乃丧心病狂之举。

还据说,袁崇焕故乡——广东东莞人也称他为民族英雄,而那些守在袁崇焕坟旁的余姓子孙,那就更不用说了。

还另据说,辽宁葫芦岛的火车站有袁崇焕的英武塑像,不过我一定不会去看他了,因为即使不去我也完全可以想象出他的模样。他一定是

手按宝剑，身披盔甲，器宇轩昂，两眼微微仰望着远方吧？

然而，过去对袁崇焕的外貌的描述千奇百怪，至今让人争论不休。明人的记载中，袁崇焕很丑，钱龙锡在崇祯三年的折子中称："崇焕初次陛见时，臣见其容貌丑陋，退谓同官，此人恐难胜任"，这个折子是《崇祯长编》里有记载的。明人张岱在《石匮书后集·袁崇焕列传》中也称："袁崇焕短小精悍，形如小猱，而性极躁暴"，就是说袁崇焕个子很矮，长得像只猴子，并且性格暴躁。他们的记载与葫芦岛的火车站袁崇焕的英武塑像相距甚远也。

为袁崇焕平反昭雪的乾隆皇帝做了一件好事，他曾命人画了一幅袁崇焕的画像用于宣传，也就是现在大多数人见到的袁崇焕的像（本文前的画像）。只可惜，这幅画中的袁崇焕脸长、肤白，具有满族人的体貌特征，时至今日还被普遍质疑为乾隆皇帝参照自己的相貌所为。

尾声

聚奎塔下凌云志，对策平台壮士怀。

战鼓北关尘漠漠，朝衣东市雪皑皑。

九年戎马白丝现，一缕忠魂黄土埋。

从此辽东无勇将，后人凭吊遍营斋。

———纪念袁崇焕的诗词

那天，我们在北陵游览时遇见一位奇特的老者，他显然是远道而来的游人，却躲在公园的一角独自抚琴。

我不知道他所弹奏的是什么曲子，但听琴声铿锵中略带悲切，觉得很是入耳动听。

他的琴声很快招来许多游客，在一片欢呼叫好声里，他一曲未终，却忽然站起来携琴转身走了。

我急忙追上去问他原因。

他说来此本是为了弹琴祭英雄的，想不到却找不到清静所在。

我问他谁是他心目中的英雄。

他随口说了几个，其中有岳飞，有成吉思汗，有努尔哈赤，也有袁崇焕。

我们与他一起游遍了整个北陵，他给我介绍了整个北陵的一草一木，使我得知了许多以前闻所未闻的传说和典故。

在分别时，我很意外地得知，这位老者竟然是位满族人。

到如今，每每想起那位老人，我就会想起都梁小说《亮剑》中在金门岛悼念自杀了的李云龙英灵的国民党将领楚云飞，想起温斯顿·丘吉尔的名言：没有永远的朋友，没有不变的敌人……

本文完稿时，长者阎崇年在无锡签名售书中，一男子因与阎老的一些历史观点不能苟同，众目睽睽之下掌掴阎崇年……一人由此事件撰文道：一个没有英雄的民族是不幸的，一个有英雄却不知道敬重和爱惜的民族是悲哀的。我认为，这话很有道理！

两粒种子，一片森林

满纸惊妙语
——再读张爱玲文集有感

要说张爱玲是中国文学史上的一个"异数"当不为过。文字在她的笔下，才真正地有了生命，直钻进你的心里去。喜欢张爱玲的人对她的书是真心喜欢，阅读的本身就能给读书的人莫大的快感。

——题记

张爱玲其人

我老爸的书房——"书香斋"的书架上珍藏着一套1986年版的张爱玲文集《倾城之恋》，我如获至宝，反复品读，细细咀嚼，从不外借。

老实讲，张爱玲是世俗的，但是世俗得如此精致，却除此之外别无第二人可以相比。读她的作品，你会发现她对人生的乐趣的观照真是绝妙！

因此,我对张爱玲的仰慕、偏爱由来已久。

几年前,一个很偶然的机会,我拜读了她的小说《金锁记》,便依依不舍,欲罢不能,从此张爱玲这一名字连同文中许许多多的精彩句子和她的人生经历,都深深地镌刻在我的脑海里。

据说,张爱玲系出名门,祖母李菊耦是慈禧心腹中堂李鸿章之女。不过,张爱玲的童年是黑暗的,生母流浪欧洲,剩下她和弟弟在父亲和后娘的监管中成长。或许,这是导致张爱玲后来的作品充满悲观和势利的主要原因。

就我看,张爱玲笔下的女性是实实在在的:自私、城府,经得起时间考验。就是这些不近人情的角色的永恒性,加重了她文字里苍凉的味道,反复地提醒着我们:所有现今的文明终会消逝,只有人性的弱点得以长存于人间。至于张爱玲本人,有人说她亦是斤斤计较的小女人:摸得到、捉得住的物质远较抽象的理想重要。

张爱玲离开了父亲逃到了母亲那里,母亲给了她两条路,让她选择:"要么嫁人,用钱打扮自己;要么用钱来读书。"张爱玲毅然选择了后者。

然而,张爱玲母亲的经济状况一直不好,而母女间的矛盾也在一天天间慢慢地、以一种不易察觉的形式在一天天间激化。张爱玲说:"这时候,母亲的家亦不复是柔和的了。"

中学时期的张爱玲已被视为天才,并且通过了伦敦大学的入学考试。

后来,战乱逼使张爱玲放弃远赴伦敦的机会而选择了香港大学。

在那里,张爱玲成绩一直出类拔萃,名列前茅。无奈毕业前夕,香港却沦陷了。非常遗憾的是,关于张爱玲在香港的一切文件记录资料尽数被烧毁干净。

对于这件事,张爱玲轻轻地说了几句话:"那一类的努力,即使有成就,也是注定了要被打翻的吧? ……我应当有数。"话语平实,其中大有

一种奈若何的惋惜。

此后,张爱玲返回上海,因为经济原因和生存关系,她以自己唯一的生存工具——写作,来艰难打拼,渡过难关。

小说《第一炉香》和《第二炉香》却成为她的成名作,替张爱玲向上海文坛宣布了一颗夺目的新星的来临。

张爱玲的这两篇文章是发表在由周瘦鹃先生主持的《紫罗兰》杂志上的。继之而来的《红玫瑰与白玫瑰》、《倾城之恋》、《金锁记》等作品,更奠定下了张爱玲在中国现代文学重要的价值与地位。

就在张爱玲被认定是上海首屈一指的女作家,才华灵气显现无遗、事业如日中天之时,她却恋爱了坠入情网了。

偏偏令张爱玲神魂颠倒的"如意郎君",却是为大汉奸汪精卫政府文化部服务的胡兰成。

张爱玲为这段恋情拼命地付出。她不介意胡兰成已婚,不管他汉奸的身份。其行为跟如今一些不顾后果的90后女生类似。

战后,人民反日情绪高涨如昔,全力捕捉汉奸。胡兰成惊慌失措地潜逃到温州,花心的胡兰成因而结识了新欢范秀美。当张爱玲得悉胡兰成的藏身之处,千里迢迢觅到他的时候,胡兰成对她的爱情之火早已焚烧完了。张爱玲自然是没能力改变什么,她告诉胡兰成她自将萎谢了。

然而,凋谢、枯萎的不只是张爱玲的心,而是她惊世骇俗、卓尔不群的写作才华亦随之而逝。

往后的日子纵然漫长,张爱玲始终没再写出像《金锁记》一般凄美的文章。

在1945年出版的《文化汉奸罪恶史》中,张爱玲榜上有名,这多多少少系胡兰成所赐。张爱玲与胡兰成相识于1944年,分手在1947年,只有短短三年,却是张爱玲一生中浓墨重彩的一笔。

此后,张爱玲在美国又有过一次婚姻,她与第二任丈夫赖雅相识于

1956 年，对方是个"左派"作家，两个人同年结婚，直到 1967 年赖雅逝世。

张爱玲其文

再读张爱玲的小说，如同坐在黄昏的灯下，在谛听一则则古老而又现实的传说，只是她的诉述的方式与众不同，其角度新颖而富有创意——"三十年前的月亮早已沉下去"，而"三十年前的故事还没有完"，但能把故事讲得如此完美的却没有几人。

有人说，现代女作家有以机智聪慧见长者，有以抒发情感著称者，但是能将才与情打成一片，在作品中既深深进入又保持超脱的，张爱玲之外再无第二人。

张爱玲既写纯文艺作品，也写言情小说，《金锁记》《秧歌》等作品令行家击节称赏，《十八春》则能让读者大众如醉如痴，这样身跨两界，亦雅亦俗的作家，一时无二；她受的是西洋学堂的教育，但她却钟情于中国小说艺术，在创作中自觉师承《红楼梦》《金瓶梅》的传统文化底蕴，在新文学作家中，走这条路子的人并非绝无仅有，却是少之又少。

张爱玲的性格中聚集了一大堆矛盾：她是一个善于将艺术生活化、生活艺术化的享乐主义者，又是一个对生活充满悲剧感的人；她是名门之后，贵府小姐，却骄傲地宣称自己是一个自食其力的小市民；她悲天悯人，时时洞见芸芸众生"可笑"背后的"可怜"，但实际生活中却显得冷漠寡情；她通达人情世故，但她自己无论待人穿衣均是我行我素，独标孤高。她在文章里同读者拉家常，但却始终保持着距离，不让外人窥测她的内心。

张爱玲在 40 年代的上海大红大紫，一时无二。然而几十年后，她在

美国又深居简出,过着与世隔绝的生活,以致有人说:"只有张爱玲,才可以同时承受灿烂夺目的喧闹与极度的孤寂。"

20世纪40年代,张爱玲在上海孤岛一举成名,其小说拥有女性的细腻与古典的美感,她对人物心理的把握令人惊异,而张爱玲独特的人生态度在当时亦是极为罕见。

50年代初,张爱玲辗转经香港至美国,在此期间她曾经创作小说《秧歌》与《赤地之恋》,因其中涉及对大陆当时社会状态的描写而被视为是反动作品。其后,张爱玲的作品寥寥,唯有她关于《红楼梦》的研究让笔者经常拜读,且以为尚可一观。

品读张爱玲的小说,给我印象最深的,是其绝妙独特而又妥切生动的比喻。

张爱玲小说的每句比喻,都给人一种耳目一新的感觉,没有那种似曾相识的累赘,一旦细细回味,你便无法不惊叹其想象的奇特,构思的灵巧,文句充满了敏锐的直觉和灵感。其本体与喻体之间产生的意义让你感慨备生,无穷意蕴尽在字里行间,形成种种弦外之音,情中情,味中味,每每使人意远神驰,浮想联翩。

譬如《金锁记》,一开头就写道:"年轻的人想着三十年前的月亮该是铜钱大的一个红黄的湿晕,像朵云轩信笺上落了一滴泪珠,陈旧而迷糊。"把月亮比喻成信笺上的"泪珠",跳跃式的想象,却有着极贴切的相通点。"红黄"、"湿晕"、"陈旧"、"迷糊"成为一个悲凉故事的底色是最恰当不过了。

又如"地平线上的晓色,一层绿,一层黄,又一层红,如同切开的西瓜……"一般人总爱把朝阳比成火烧,比作羽毛,唯有张爱玲突发奇想,独具匠心,由此可见她对事物观察得兴致认真。写七巧的一段——"她睁着眼直勾勾朝前望着,耳朵上的实心小金坠子像两只铜钉把她钉在门上——玻璃匣子里蝴蝶的标本,鲜艳而凄怆。"用"蝴蝶标本"来比喻一个人,活生生写出了七巧那种外强中干,刻意做作的姿态,同时又很形象地点出封建专制的大家族已把一个活生生的少女变成了死标本,且从外表到本质都被侵蚀殆尽。

宋代严羽曾言:"语忌直,意忌浅,脉忌露"。人们把不露筋脉,含蓄委婉,寓繁于简,由博返约作为至高艺术境界,张爱玲可谓当之无愧。

张爱玲又把太阳下的梧桐叶比作"金的铃铛",把印在淡青天上的树枝比作"磁上的冰纹",既给人美感,其表达又很独特。

在《沉香屑——第一炉香》里,把山上的花园比作"仿佛是乱山中凭空擎出的一只金漆托盘",而园里纤丽的玫瑰则是"漆盘上淡淡的工笔彩绘",何等的生动形象。还有这样一句:"满山的棕榈、芭蕉,都被毒日头烘得干黄松卷,像雪茄烟丝。"看看,张爱玲有多么奇特的想法哦,若不是炎夏,若不是灯红酒绿的香港,这比喻恐怕并不贴切。但作者抓住了实地效应,用"干黄松卷"将本体和喻体承接得恰到好处,让人感到"毒日"之气扑面而来。

又比如"一只鸟向山间飞去,黑鸟在白天上,飞到顶高,像在刀口上刮了一刮似的,惨叫了一声,翻到山那边去了。"由天空的白想到刀子,由鸟的惨叫想到受伤,烘托出女主人公薇龙那一刻受伤的心境,但又陷入深渊无力自拔的无奈痛苦。

《倾城之恋》里把白公馆比作神仙府,写活了"这里过一日,世上已千年"的单调无聊和对外界的无动于衷。文中还有无数精妙的文句,更是令人回味无穷。

1995 年中秋夜,曾经瞩目中国文学界的才女张爱玲猝死于洛杉矶一公寓内,享年七十五岁。

张爱玲的逝世,使她的名字在文坛上再一次复苏。

有人说,这位沉没了多年的作家一夜间又浮上水面来,而且是前所未有的美景。那刻的美却是永恒的,因为张爱玲孤独的一生走完了,留

下的一片苍凉与无尽叹息化成玻璃灵柩，守护着她过去的灿烂。隔着空间和时间的玻璃墙望回去，她那越是光辉的成就也越显得落寞与凄凉……

在我看来，张爱玲小说内涵之深，可挖掘的东西之多，还有待于读者朋友自己去体味。20世纪40年代傅雷先生曾高度赞誉张爱玲的文章是"我们文坛最美的收获之一"，既然是"文坛最美的收获之一"，我们就应该去品读、学习和借鉴。

时至今日，张爱玲早已驾鹤西去，但她留下的众多作品，诚如傅雷先生之言，犹是如此矣！

穿飞万花间　未得半日闲
——我记忆中的放蜂人

小苑华池烂漫通，后门前槛思无穷。

宓妃腰细才胜露，赵后身轻欲倚风。

红壁寂寥崖蜜尽，碧帘迢递雾巢空。

青陵粉蝶休离恨，长定相逢二月中。

——【唐】李商隐

记得那是在很久以前，每每于春季去幺外婆家的路途中，我不时会看见放蜂人那一个个寂寞而忙碌的身影。

于是，充满好奇的我总是下了车，沿着其中一排土黄色的蜂箱轻移脚步，走进了那些放蜂人的帐篷。

毕竟那时年幼，我竟然敢大胆地直接从蜂箱里用手指蘸取蜂蜜品尝，当琥珀色的蜜汁顺着手指流到我的嘴里，我把手指上的蜜吸吮得干干净净。

霎时，一股饱满的馨香的甜蜜感立即传递到我的舌尖，那是一种很浓郁很家乡的油菜花的清香味道。

记得那时，我的身后往往是连绵起伏的油菜花地，站在这里品尝它的精华，让我有一种很奇妙的美好感觉——仿佛洞悉了万物和谐的法则……

由此，我经常不由自主地想到了多年前家乡的盛开的槐花，想到了被称为"诗虎"的唐代罗邺那首《槐花》的诗句："行宫门外陌铜驼，两畔分栽此最多。欲到清秋近时节，争开金蕊向关河。层楼寄恨飘珠箔，骏马怜香撼玉珂。愁杀江湖随计者，年年为尔剩奔波"，想到了蜜蜂、槐花蜂蜜和当年那两个在槐花盛开时节放蜂的人。

槐树花开的季节，孩提的我正在幺外婆家里玩耍，青山绿水、竹树蓊郁的小山村成了我快乐的家园。

一天，幺外婆所在的社来了两个放蜂人，在距离幺外婆家（我的住处）咫尺之遥的大晒坝上搭起了宽大的帐篷，然后他们就马不停蹄地忙碌起来。

不久，一群群初来乍到的蜜蜂在它们新居的上空"嗡嗡"盘旋甚至还有几只俏皮的蜜蜂到我的屋里"嘤嘤"自语。平生害怕蚊虫叮咬的我，

更恐惧蜇人的蜜蜂，每当幺外公、幺外婆到田间地里忙活时，我便赶紧把门关得严严实实的。

自打放蜂人来到幺外婆的社里，他们的帐篷就成了社里人集聚的场合。

有时，好奇的我也倚在门框边一边吃饭一边观看放蜂人如何倒弄蜜蜂，甚至期望看到他们被蜜蜂蜇的模样。

放蜂人一老一少，他们有条不紊地照看着几十个蜂箱里不时飞出一些蜜蜂。

放蜂的老人在蜂箱之间走动，不时查看一下蜂箱，他在蜂群中行动自如，蜜蜂在他身旁显得格外自然和谐。

老人一眼望到我，总是和蔼地对我说："孩子，家里就你一个人吗？"

我警惕地瞅了瞅他，然后迟疑地点点头。

来，过来吧，过来到这里坐着慢慢吃饭。老人的脸颊挂着笑容。

我还是没有移动脚步，盯着飞旋的蜜蜂发呆。

孩子，蜜蜂是很敏感的，要尽量细心对待它们，但它们是不会乱蜇人的！老人和颜悦色地告诉我。

原来如此，我这才谨小慎微、故作镇定地跨进放蜂人的帐篷。

放蜂的老人热情地让我坐在行军床上，转身叫放蜂的年轻人给我兑好一杯"槐花蜂蜜"水。

我呷着甘甜清香的蜂蜜水，惧怕与不安渐渐消失，便学着大人们的口吻，与他们攀谈起来。

放蜂的老人姓赵，是放蜂的老把式；放蜂的年轻人姓章，是职业技术学校的毕业生，他们是同一个村子的，还是远房亲戚呢。

老人说，这些年，村里的壮劳力都外出打工了，本来不多的土地也被开发或流转出去了，剩下的"998138"部队的成员，要么随打工的外出务工、上学，要么就在家上网聊天或去茶楼搓麻将、斗地主了。

那您怎么干起放蜂这个职业？我不解地发问。

老人一下就来了兴致，滔滔不绝地讲了起来：我在我们那边的山里养蜜蜂有四十个年头了。现在年龄大了，妻儿都不赞成我再养蜂。但是我舍不得放弃，只不过现在养的数量少了很多。我觉得自己跟蜜蜂有一种难以割舍的缘分，就算是"蜂缘"吧。

一说起养蜂的初衷，老人还说，他出来放蜂有两个益处，一方面为了增加收入改善生活条件，另一方面也考虑到养蜂对整个生态环境有好处。

听了这话，我不由得对这个老人增加了几分敬佩，我又问他：您刚才说蜜蜂不会乱蜇人，难道它们不蜇您吗？

说起养蜂的种种奇遇，老人感触颇多。他说养蜜蜂，被蜜蜂蜇是常有的事，自己被蜇的次数太多，现在都不怕蜜蜂蜇了。他对二十多年前一个夏天的一次运蜂经历仍记忆犹新。在那次运蜂途中，货车翻倒了。密密麻麻的蜜蜂向他飞去，被蜜蜂蜇了数百下，当时全身肿得不像人样。老人乐呵呵地说道："好在当时年轻，身体好，加上对预防蜂蜇有一些技巧，我的身体很快就恢复了！"

老人引以为自豪的，是他还有一项技术就是培育"蜂王"。

早春时候，就要给蜜蜂分群，换掉老蜂王。蜜蜂繁殖分群多了，就需要不断人工培育蜂王。

老人说，他先找出一些蜂王卵，然后放到育王台里面，经过精心培育喂养，出卵蜜蜂经过淘汰，才决定最后的蜂王。有时要培育几十个蜂卵才能培育出一个蜂王，现在能培育蜂王的养蜂人已经不多了。培养蜂王的关键在选蜂卵上，老人每年会为周边的养蜂人培育上百只蜂王。

这些年，每当槐花盛开的时候，老人就要年年都要坚持外出放蜂。

老人放蜂酿的可是鼎鼎有名的槐花蜜，其色泽微黄、蜜质黏稠、芳味正、具有清淡幽香的槐花清香，能去湿利尿、凉血止血，有舒张血管、降低血脂血压等作用，特别适合老年人食用。

据说因槐花蜜色泽好，级别最高，广受欢迎。多年来，日本、韩国从中国进口的主要是槐花蜂蜜。

老人得意地说，他会继续与蜜蜂为伴，它们是自己的知心朋友哩。

我记得四川宜宾那边有一首传统山歌《槐花几时开》，表现了少女对情郎的一往情深的恋情，可没想到老人也会模仿着我们四川人那样捏腔拿调地将那首四川名歌唱将起来——

高高山上哟一树哦槐哟喂

手把栏杆噻望郎来哟喂

娘问女儿啊你望啥子哟喂

我望槐花噻几时开哟喂

槐花五月哟山上哦开哟喂

三月里头噻盼不来哟喂

痴心女儿啊你望啥子哟喂

日夜站起噻眼望穿哟喂

天光啊天三月四月五月

地光好似下雨无暖

世上星星点点心

槐花就早早醒来

女儿问娘啊你问啥子哟喂

羞似槐花噻口难开哟喂

………………

歌罢，老人的话匣子又打开了。

据说老人放蜂成痴，生怕放蜂技艺失传，就带了那个姓章的徒弟。老人家的经济收入并不主要靠他放蜂，但他把放蜂看得很重。为了赶花期,他每年都从北方来到南方,然后又从南方回到北方,他的老伴去世后,老人几乎常年都在外,儿子的家也照顾不了。

我问他为何选择到我幺外婆这里,老人回答说,你们这里环境好,男人吃得苦,女人也挺能干,而且山水宜人,槐花幽香,民风淳朴,麻辣菜肴很可口啊!

或许与蜜蜂的主人熟识了,蜜蜂也不蜇我,偶尔有几只落到我的身上,亲昵一阵就乖乖地飞走了。

遗憾的是,槐花没开放多久就慢慢凋谢了,放蜂人也在准备启程,我瞧见社里的养蚕能手王婆婆也常去放蜂人的帐篷,跟老人在嘀嘀咕咕什么。

放蜂老人对王婆婆似乎很热情,而小章却有点不以为然,一直都冰冷着他那张英俊且又傲气的脸。

放蜂人离开小山村的那天,我和社里几个经常去帐篷玩耍、喝槐花蜜的小伙伴约好了一块儿去送他们。

王婆婆和村里的贫困户刘三爷一家人也在村道路旁边的招呼站,那里笼罩着一种怪怪的气氛。刘三爷佝偻着腰身,独自蹲着在一旁"吧嗒吧嗒"地猛抽叶子烟,刘家两姐妹神色忧郁地站在一边喁喁私语。

不一会儿,汽车来了。

放蜂老人拉着刘三爷,语重心长地说:"老哥,回去吧! 我对她们会像亲生闺女一样。"

刘家大妹子哽咽着说:"爹,你心口疼,腰身伤病,天冷的时候要多穿点……"

王婆婆跟平常一样唠叨:"你妈去世得早,你爹一个人带你们三姐妹真是恼火哦,他伤残了身子还一把屎一把尿把你们拉扯大,不容易啊! 出门在外,你们自己要多照顾自己,你爹有我们众乡亲呢。走吧,走吧!" 王婆婆好不容易才把姐妹俩送上了车。

忽然,刘家二妹子发疯似的从车上跑了下来,扑在他爹的身上放声

大哭：爹，爹，我不走，我不走……

刘三爷急忙把脸背了过去，颤抖的手轻轻地拍打着二妹子的肩头："二女啊，听爹的话，小章是个好小伙子，过了这村就没这店了哦！"

一旁，还不太懂事的刘家三娃子也拉住她二姐的衣裳，"呜呜"地哭了起来，好像把招呼站变成了生死离别场所。

看到这一切，王婆婆的眼圈也红了，她拉着刘家二妹子的手亲切地说："二闺女，你最聪明最漂亮，你爹也是没有法子，才出此下策……"

这时，刘家大妹子泪流满面地扶着泣不成声的妹妹上了车。

汽车缓缓地开走了，把我们这些送行的人甩在了招呼站上。

事后，我从幺外婆、幺外公那里得知，刘三爷请王婆婆做媒人，刘家大妹子做了放蜂老人的儿媳，刘家二妹子嫁给了放蜂的帅哥——小章。

十年过去了，当我再去幺外婆曾经居住过的小山村，正好又遇见槐花盛开了。

那天，我在一派馨香之中独自转过山脚，一望之中，远近高低、漫山遍野，槐花如潮水一般，随山势蔓延过来，一串串，花瓣如雪，纷纷扬扬，香喷喷的，沁人肺腑。

这一片片槐花有的像狂草，笔墨酣畅淋漓，行云流水一般；有的像行书，一笔一画，非常有韵味；有的像楷书，规规矩矩，天真可爱。

这些槐花在岩石、山坡处散散漫漫、东倒西歪，像醉汉似的站着、卧着、仰着，让自己的香熏醉了似的，陶醉其中，自得其乐……

小山村槐花的风情，陶醉了个在它们身边久久流连的我。

巧得不能再巧的是，刘家两姐妹穿戴得时髦又现代地跟着放蜂人小章和小赵（放蜂的赵姓老人已经离世，小赵是他儿子）回到了山村。

刘家大妹子告诉我，年年漂泊是他们放蜂人生活的主旋律，为追赶各地花期，他们到处流动，像吉卜赛人一样过着居无定所的迁徙生活。他们骄傲的是，两口子追花的足迹已遍布全国各地……

刘家二妹子则说：她与小章婚后很幸福，而且生了一对双胞胎。她和小章每年过着放蜂人的生活，二妹子还说，虽说是一年四季与花相伴，但因两口子四海为家，居无定所，还有许多不能言说的苦楚。现在，家里小孩只能托付给老人照管，他们长年累月不在家，家里人有个头痛脑热，都让居住野外的放蜂人感到有心无力，更加牵挂着家乡的亲人……

为了回家看看刘三爷，大妹子与二妹子一商议，两个小家庭在槐花盛开的时节回老家放蜂，也看看如今还健在的刘三爷。

大妹子、二妹子临走时，给她们爹留下了不少钱、几大瓶槐花蜜和几箱蜜蜂，当然还把放蜂的技术传授给了刘三爷。

村民不久看到，刘三爷自从治好了腰疼等疾病并开始放蜂后，就扔掉了多年的叶子烟杆儿，少量抽女婿们留给他的"黄鹤楼"香烟，天天捧着一大杯"槐花蜜"水，生活过得甜甜蜜蜜，有滋有味。

有一天，我看见刘三爷似乎对香烟还不大习惯，每吸一口，额头上的皱纹比"吧嗒"叶子烟时还要深……

"三爷，纸烟不好抽吗？"我不解地发问。

"哪里哦，现在日子过好了，吃什么、喝什么、抽什么就得慢慢地品，细细地尝啊！"说完，刘三爷吐出一个像笑脸的大烟圈，随风飘散开来。

吮吸着沁人心脾的槐花香，看到眼前的一切，我禁不止念叨起了诗人牧春的诗歌《养蜂人》——

你的风景　总是花色正艳

阳光点燃最初一朵花瓣

你就如约准时而来

染得一襟花香　拥有一片花鲜

你向春来花开的地方走去

已经不会因为花落而伤感

两粒种子，一片森林

也不会再因为花开而欣喜

在花开而至花落就去的匆匆里

你抚慰着花朵绽放时的那一份寂寞

捡拾起花朵凋谢时的那一份失落

既然改变不了花的命运

你就在这风雨途中

在这花开花落之间

来酿造晶莹甘甜的鲜活

来证明曾经亲手放牧过的一个个春天

那一个个春天里紧握过的绚烂

....

第二辑

两粒种子，一片森林

叹一声脂粉英雄王熙凤

——我来评点我心目中的凤姐

凡鸟偏从末世来，都知爱慕此生才。一从二令三人木，哭向金陵事更衰。

——曹雪芹

在曹雪芹老先生洋洋洒洒的《红楼梦》里，我觉得本事最大的当推贾府中的琏二奶奶——王熙凤，难怪红学家王朝闻先生写出了一本厚厚的专著《论凤姐》。

实话实说，王熙凤是一个精明能干、惯于玩弄权术的人，她为人刁钻狡黠，明是一盆火，暗是一把刀。由于对上善于阿谀奉承，因此博得贾母的欢心，从而独揽了贾府大权，成为贾府的实际统治者。有人说王熙凤最显著的性格特点是"五辣俱全"即香辣、麻辣、泼辣、酸辣、毒辣！

王熙凤这人论长相真的不俗，"身材苗条，体格风骚，粉面含春威不露，丹唇未启笑先闻"。书中王熙凤的第一次出场是先闻其声，后见其人的："我来迟了，不曾迎接远客！"给黛玉的第一印象就是放肆无礼，因为当时个个"敛声屏气,恭肃严整"。

王熙凤的打扮亦与众姑娘不同:彩绣辉煌,恍若神妃仙子。头上戴着金丝八宝攒珠髻,绾着朝阳五凤挂珠钗;项上带着赤金盘螭璎珞圈;裙边系着豆绿宫绦,双横比目玫瑰佩;身上穿着镂金百蝶穿花大红洋缎窄褙袄,外罩五彩缂丝石青银鼠褂;下着翡翠撒花洋绉裙。

再说"有一万个心眼"的王熙凤说话风趣、诙谐且滴水不漏,令人赞叹佩服。

《红楼梦》的六十八回、六十九回,王熙凤把尤二姐骗入大观园,并借刀杀人,真有卖了别人还要被卖者替她数钱。

书中写道,王熙凤一知道贾琏在外面偷娶了尤二姐,就已狠狠地责打了贾琏的心腹兴儿,显露出一副泼妇的形象。而当她要骗尤二姐进入大观园时,却是素衣素盖,打扮得清雅淡然,对着尤二姐哭诉的一番话,说得文雅大体,冠冕堂皇,滴水不漏,把心中的醋意遮盖得严严实实,摆出自怨自错、至贤至善的样子,博取了善良的尤二姐的信任。

王熙凤两面三刀、当着人说人话当着鬼说鬼话的性格也在这里表露无遗。

她买通官府,一面又花钱唆使张华告状,又到宁国府里大闹一番,向着尤氏吐唾沫淬,滚到尤氏怀里哭,把个尤氏揉搓成个面团,又要打贾蓉,一场大闹使宁府上上下下束手无策,还意外地赚了五百两白花花的银子。王熙凤对着尤二姐却是以礼相待,连贾琏都感到诧异,背地里却是要下人折磨她,让尤二姐求生不得,求死不能。尤二姐无辜枉死,却不知死在谁的手里。尤二姐死后,王熙凤还借着她的名义敲诈了贾琏一二百两纹银(七十二回)。

若论办事干净利索,精明强干,王熙凤当仁不让。

王熙凤的干练,最重要的一次就是表现在协理宁国府上。

你看贾珍进来的时候,屋里那些女的都忙不迭地藏起来,是不能见

到年轻的男主人吧,可王熙凤又是怎么样的呢?

凤姐不仅没躲,而且是款款地大大方方地站起来。当贾珍求王夫人请妹妹（王熙凤）到我那儿帮忙的时候,王夫人心里没底,是悄悄地问王熙凤你可能吗? 你行吗? 还是轻轻地问她,还不敢声儿大了,不能让贾珍听见了。王熙凤说有什么不能的,讲得多么自信!

这是一般女性在当时那种情况是讲不出来的,林黛玉也讲不出来,薛宝钗倒是能讲出来,但她不会讲,因为不符合道德规范,女人不应该如此露才扬己。

所以说,王熙凤在这一点上来看,真是很不简单的呢!

此外,王熙凤因自幼在娘家耳濡目染,她还具有同外国人打交道的经验。真真是不同凡响哦。

首先,王熙凤的娘家是"东海缺少白玉床,龙王请来金陵王"的显赫王家,她的叔父是京营节度使王子腾,姑母是贾府里的二太太,这样的家世,是她傲视众人的原因。

其次,王熙凤深得贾府中的老祖宗贾母的宠爱,贾府中的事务,一应是她来料理,可以说是二人之下,众人之上。

再次,王熙凤自小假充男儿教养,却没有读书认字,使她行动粗野,缺少了古代女子的含蓄修养,贞静文雅。

说了这么多,笔者想说的是,巾帼不让须眉,贾家阴盛阳衰,由精明强干,作风泼辣并深得贾母和王夫人的信任的王熙凤,成为贾府内外实际的大管家——宁国府的"法人代表",谁能说谁敢说凤姐不合适?

我们知道,王熙凤高踞在贾府几百口人的管家宝座上,口才与威势是她谄上欺下的武器,攫取权力与窃积财富是她的目的。

凤辣子极尽权术机变,残忍阴毒之能事,虽然贾瑞这种纨绔子弟死有余辜,但"毒设相思局"也可见其报复的残酷。

"弄权铁槛寺"为了三千两银子的贿赂,逼得张家的女儿和某守备之子双双自尽。

尤二姐以及她腹中的胎儿之死，也被王熙凤以最狡诈、最狠毒的方法祸害所致。

对于作恶多端，王熙凤公然宣称："我从来不信什么阴司地狱报应的，凭什么事，我说行就行！"

她还极度贪婪，除了索取贿赂外，还靠着迟发公费月例放债，光这一项就翻出几百甚至上千的银子的体己利钱来。抄家时，从她屋子里就抄出五七万金和一箱借券。王熙凤的所作所为，无疑是在加速贾家的被抄和败落，最后落得个"机关算尽太聪明，反算了卿卿性命"的下场。

可遗憾的是，基于上述的原因，王熙凤身为大管家，并未扭转宁国府的衰败之象，相反倒是日渐衰微，虽然大厦将倾非一木可支，不过以王熙凤的才干，将贾府支撑维持一段时间，延缓其衰亡过程，我认为是完全可能的，也是应该的。

但是，偌大一个家庭迅速崩溃、垮掉了，而且是在一位"女能人"、"女强人"的管理下"忽喇喇似大厦倾，昏惨惨似灯将尽"，实在令人扼腕长叹！

是王熙凤的管理措施不适合贾府家情所致？

非也！

你看她协理宁国府时，对其积弊的分析以及所定的规矩，是何等的稳、准、狠——

凤姐受命于危乱之际，对于宁府积重难返的局面，一上来就理清头绪、抓住要害，她就立刻找出了宁府五大弊端：第一件，人口混杂，遗失东西；第二件，事无专执，临期推诿；第三件，需用过费，滥支冒领；第四件，任无大小，苦乐不均；第五件，家人豪纵，有脸者不服钤束，无脸者不能上进。

一下子就看到了问题所在，王熙凤确实厉害，她的这些才智，确是荣

宁二府中无人能及，也说明了她平时对宁府中的种种现象都十分留意，可见她为人心细。

作者曹雪芹老先生也不由得发出了"金紫万千谁治国，裙钗一二可齐家"的赞叹。

脂砚斋也这样评曰："五件事若能如法整理得当，岂独家庭，国家天下治之不难！"

既然王熙凤这样有才干，那是王熙凤上头的"婆婆"太多，动辄得咎，难以施展其才略乎？

非也！

荣国府"最高领导"——史太君对王熙凤这位孙子媳妇，可以说是有求必应，百依百顺；"顶头上司"王夫人纯系"开明婆婆"，很少干涉家政。

那又为何出现如此严重问题？

从文本看，王熙凤首要的是很会钻营，很会抓住主要的问题，譬如她很会奉承老太太史太君。

王熙凤心知肚明，老太太是贾府中最具权威的人物，无论是谁，只要到了老太太那儿，都得听她的。

贾政要狠狠地教训宝玉，也要先瞒着贾母，打得皮开肉绽，被母亲史太君一顿臭骂，也不敢辩驳一句，只能唯唯诺诺地认错。

贾赦是她贾母的长子，却未能得到她的宠爱；贾政得到她的偏爱，却又为人木讷；宝玉是她的心肝宝贝，偏又不会逢迎。

唯有凤姐周旋在身边，常常使贾母开怀大笑，成为她身边的大红人。

在《红楼梦》第三回中，王熙凤一出场我们已经可以看到她在贾母心中的地位：贾母亲昵地称她为"泼皮破落户儿"、"凤辣子"。

随着故事情节的发展，我们就可以从更多的例子中看到她是怎样见缝插针地奉承贾母的。

贾母要去清虚观打醮,她知道鸳鸯在后面赶不上来,自己下了轿,忙要上来搀,以致撞上了道童。无论贾母去哪里,她总是打听得清清楚楚,适时地追随在左右。

贾母冒着大雪去大观园里赏雪,没有告诉凤姐,她就自己来了,还说贾母是躲债,她已经把债还了,请贾母回去用饭。贾母见了她"心中自是喜悦"。

二进大观园的刘姥姥引起了贾母的浓厚兴趣,凤姐就拿她演出了一出"闹剧"来讨贾母的欢心。

对于贾母,王熙凤总能够投其所好,恰到好处地进行吹捧,以博取欢心,获得支持。得到了贾母的宠爱,无疑就是得到了一张畅通无阻的特赦令,为她能在贾府里可以为所欲为铺下了基础。

第二,王熙凤施展各种手段,满足她那强烈的金钱欲望。

王熙凤是贾府里的一条大蛀虫,但是《金陵十二钗正册》展示的是冰山上的雌凤。

这只雌凤起初依靠的就是由她娘家的家世、贾母的宠爱、元春的势力等组成的这座冰山。专家说"冰山的基础象征的是供贾府剥削的农民",站立在这座冰山上的雌凤要巩固自己的地位,就必然比冰山更加厉害地剥削劳动人民。

王熙凤想要把银子堆成山,手段是放高利贷。她是先从贾府中的账目入手的,准确来说是从丫头的月钱入手的,每月的月钱,她都克扣起来,拿出去放高利贷。

这些,当然远远不能满足她那颗贪婪的心。

于是,不论是贾府内外,只要她能够把魔爪伸到的地方,她都不失时机地抓到银子。

王熙凤这些所作所为,一直没有人对其进行有效的监管。

那么,究竟是什么原因使贾府解体、破产了呢?

原因当然很多！

但仅仅从治家这个角度来分析，主要缘由还得从琏二奶奶这个"挟老太太以令他人"大管家身上寻找。

笔者以为，王熙凤的贪婪本性，是其症结所在，诸君如若不信，且跟笔者一道再次翻翻《红楼梦》文本。

其一，王熙凤胆大妄为，化公为私。

"半个主子"的赵姨娘曾恨恨地说："这一份家私要不都教她（指王熙凤）搬到娘家去，我也不是个人。"

赵姨娘的说话有水分不假，但此话绝非空穴来风。

后来，平儿向袭人所言就足以证明。

另外，在前文已经说到，王熙凤把家人的月钱不予发放，却拿到外面放高利贷，亦属于这方面的问题。

秦可卿逝前曾托梦于王熙凤，要她为贾府铺好退路，因为她是唯一合适的人选，而没有想到王熙凤只是为自己的私囊打算，至于贾府中子侄将来如何，她一点也不放在心上。

因为，王熙凤的权欲是为金钱服务的。

凤姐是贾府中的第一当家，却借着贾府的名义玩弄权术，贪污受贿。

王熙凤"意悬悬了半世心"，也是为了钱。她"自幼假充男儿教养"，她真正学的是经济之道。

大量可靠历史证明，十五、十六世纪，资本主义生产关系就萌芽了，正如毛泽东所说："中国封建社会内的商品经济的发展，如果没有外国资本主义的影响，中国也将缓慢地发展到资本主义社会。"尤其曹雪芹生活过的南京、苏州一带，商品经济所占比例更多。

而王熙凤就是在一个资本主义色彩极其浓厚的家庭中成长起来的。她对外国的东西也都十分熟悉。

六十二回中，王熙凤送给宝玉的生日礼物中就有一件波斯国所制的玩器。

十六回中谈到"接驾"时，王熙凤还说过："我们王府里也预备过一次，那时我爷爷专管各国进贡朝贺的事，凡有外国人来，都是我们家养活。粤、闽、滇、浙所有的洋船货物都是我们家的。"

来自一个这样豪气的家庭，对外国的东西能不熟悉吗？

王熙凤能够得到那金钱至上的"教育"是毫不费劲的。

其二，王熙凤胡作非为，索取贿赂。

在收礼上，王熙凤干得非常漂亮，极像当今的一些贪官。

贾芸要找事做，开始人家的答复是得"研究研究"的，好在芸儿冰雪聪明，又有"醉金刚"这样的仗义哥们儿，他赶紧借钱买了冰片、麝香，孝敬到婶子王熙凤的香案上，事情就一下子搞定了。

金钏儿挨了王夫人一记耳光，羞辱得跳井死了，许多人想谋这月钱一两银子的缺儿，于是"有心人"纷纷飞王熙凤送礼。凤姐呢，来者不拒，照单全收，谁的"好意"她都"笑纳"了。

《红楼梦》中，王夫人连一匹缎子也不记得放在哪里，而王熙凤对府里的东西知是了如指掌。

王熙凤虽然为人狠毒，"待下人未免太严些个"，但又不是只会打人骂人。

对贾母笼络外，她对大观园里的姑嫂叔侄也很会笼络。

宝玉对她还很推崇。她能够协理宁国府，还是宝玉在贾珍面前极力推荐的，可见他们关系很好。

这都是因为王熙凤知道宝玉是贾母的心肝宝贝，也是贾府中的事业继承人，众姐妹也是受到贾母的宠爱，她不得不去善待她们，就连贾环这类人人都看不起的"坏人"，她也给予了"关照"。

宁教我负人，勿教人负我的利己主义和强烈的金钱欲、权势欲，是王熙凤最基本的人生哲学与生活的追求，也是渗透在其个性中最引人注目

的特征。

权势与金钱是封建统治思想中衡量人生荣辱的主要价值标准,所以许多人为此劳碌奔波,许多人为此日夜钻营,许多人为此钩心斗角,互相倾轧。

凤姐也不由自主地卷入了这种纷争的旋涡。

不过,在那以男性为中心的封建宗法社会里,王熙凤尽管有男人万不及一的才能,却无法直接进入官场去争名夺利,耀武扬威,但她作为脂粉团队里的英雄,却在贾府为她提供的舞台上进行了充分的表演,为权为钱为虚荣体面而左冲右突,耗尽了所有的心血。

为了达到目的,她千方百计巩固自己的势力,想方设法满足贪婪的欲望。

其三,王熙凤左右逢源,沽名钓誉。

大观园里的公子小姐们成立了"海棠诗社",这本不是什么正经的社团,属于富贵闲人闲得无聊搞的"玩意儿",正像探春、黛玉所言:"谁不是玩,难道我们是认真作诗呢。"

这样的社团,当然不该"财政拨款"。

可是,凤姐听说她要当这个诗社的"监社御史",一下就高兴起来,马上给诗社拨款五十两纹银——用公款为自己"赞助"头衔,王熙凤亦算始作俑者。

《红楼梦》中写道,众姐妹去请王熙凤做"监社御史",她马上猜到了是向她要钱。

凤姐虽然一下子算出了李纨的年均收入,却还是豪爽地放下了五十两银子作为诗社的活动经费。

原因她自己说出来了:"我不入社花几个钱,不成了大观园的反叛了,还想在这里吃饭不成?"

邢夫人当着众人的面数落儿媳王熙凤,她躲在房间里哭,偏偏贾母要问她收了多少围屏,她眼泪一擦,就大小式样等次数得清清楚楚!（见七十一回）这些都显出了她的聪明伶俐,一个当家人的风范。

在贾府那个"不是东风压了西风,就是西风压了东风"的环境里,凤姐作为一个孙媳妇辈的人物,要坐稳当家奶奶的交椅,除了要有过硬的靠山以外,还必须有随机应变的心机,以便左右逢源。

再说说大观园起的那个诗社,探春这里话刚出口,凤姐马上就猜到你们是缺个"进钱的铜商",你们是想要赞助了,随即她说:"我明儿立刻上任,放下五十两银子给你们慢慢做会社东道。"

你这边刚刚说,她那里早就猜到了,大家都笑起来,所以李纨说:"你真真是水晶心肝玻璃人。"就是说这个凤姐通体透亮。

其四,王熙凤有恃无恐,滥花钱财。

宝玉要喝莲叶羹,王熙凤为讨好别人特别是贾母的欢喜,索性让厨子做了满满一大锅。

贾母就此对王熙凤说了一句大实话:"猴儿,把你乖的,拿着宫中的钱你做人。"这话说白了就是王熙凤很会借花献佛。

前面我说过,贾环赌博输了钱,王熙凤"照顾性"地拿出一百钱以示补助……

《红楼梦》也有数处描写了贾府的典当活动。

第五十三回,王熙凤想到了要拿老太太的东西去当银子。

第六十九回,贾琏为发送尤二姐,向王熙凤要银子,王熙凤说:"什么银子? 家里近日艰难,你还不知道? 咱们的月例一月赶不上一月,昨儿我把两个金项圈当了三百银,使剩了还有二十几两,你要就拿去。"

《红楼梦》写贾府的典当,既是点出王熙凤管理中的种种弊病,也是为了反映这个官僚地主家庭渐趋没落衰败的过程。

虽然是王熙凤故意哭穷,但由于贾家奢华浪费,经济亏空,此时王熙凤能够借典当来盘活一些资产,筹措资金应付各种开支,只是一种暂时

解决问题的理财方法。

贾府铺张浪费严重，为排场和面子花费了很多的银子，生活也挥霍糜烂。

从过个年两三千两银子都不够，推算每年正常消费均在数万两，还不算婚、丧、寿及其他大额消费了。从当时的谚语"贾不假，白玉为堂金作马"，就可以看出贾府是怎样的奢华。

第十八回元妃省亲，为供赏玩，花几万两银子搞了个园林建筑大观园，加上省亲仪典所需的人力财力，所耗银子的总量虽然没有详细披露，但仅仅"下姑苏请聘教习，采买女孩子，置办乐器行头"一项"小事"，就动用了三万两银子，省亲的总消耗量也就不难推测了，估计也在十万两以上，连贾妃都默默叹息奢华过度。

为求福祉贾府中本有个规模不小的家庙，还在城外又修造了个铁槛寺，并且逢节庆、红白大事，就时常去拜祭，拜祭时车乌央央地占了一街。

第五十五回，凤姐讲婚庆每人要花上万银子。加上秦可卿的风光大葬："好生预备新鲜陈设，多请名僧，以备接灵使用。有十来顶大轿，三四十小轿，连家下大小轿车辆，不下百余十乘。连前面各色执事、陈设、百耍，浩浩荡荡，一带摆三四里远。"

贾府衣食住行极其奢侈，凤姐穿"大红洋绉"的皮裙，黛玉穿"大红羽缎"的褂子，宝琴有用野鸭脸颊上的毛织的凫靥裘，宝玉穿用孔雀毛纺成线织的"雀金呢"。用的是进口舶来品，西洋玫瑰露、猩红洋毯、玻璃炕屏、金西洋自行船、波斯国玩具、"西洋珐琅黄发赤身女子"装潢盒子的洋烟……

吃的可谓是玉盘金樽，穿的可谓绫罗绸缎，可见贾府的生活是何等奢华浪费。

另外，王熙凤应该明白，贾府是典型的"官养体制"，资金来源很少，主要来自于三个方面：

一是定期到礼部领取的"赏银"。

第五十三回,贾蓉去了一整天,才领回来。至于数量,只够"世袭穷官儿"过一次年用的,三四千两银子,似贾府这样的庞大消费集团,是不把这点钱放在眼里的。

二是十几处"庄子"的租赋,这些"庄子"是"皇封",也是"官养体制"的一种体现。

在第五十三回,庄头乌进孝说宁国府有庄子八九个,荣国府的庄子虽然在数量上也是八九个,但面积却大于宁国府庄子几倍。荣国府一年的租赋总额为"两三千两银子",宁国府的收入也就只有千把银子。这点收入,恐怕连过年的开销都不够。

三是贾政的"官俸"。

贾政是贾府中唯一正式做官的人,他的收入是多少,书中没有直言,只写了他还需时时从家里寻求贴补。清朝官吏,做清官没法活的,知县的月俸只有几两银子,连"中央"级官吏的月银也只有十几两、二十几两。贾政一年的"官俸"可能也就只够办一些小事吧。其他零星来源也不过数百两银子,另外加上王熙凤放高利贷所得,这几个来源加起来也不到一万两银子,与贾府的挥霍相比远远不够,难怪要亏空了。

贾府的金钱本来就"出去得多,进来得少",再让王熙凤这么翻来覆去地乱开支乱折腾,不破产不垮台才怪哩!

《红楼梦曲·收尾·飞鸟各投林》中对王熙凤的命运结局的暗示是:为官的,家业凋零;富贵的,金银散尽;有恩的,死里逃生;无情的,分明报应。欠命的,命已还;欠泪的,泪已尽。冤冤相报实非轻,分离聚合皆前定。欲知命短问前生,老来富贵也真侥幸。看破的,遁入空门;痴迷的,枉送了性命。好似食尽鸟投林,落了片白茫茫大地真干净!

在87版的电视连续剧《红楼梦》当中,依据《红楼梦曲·收尾·飞鸟各投林》,创作者设计了王熙凤的一种死法。我记得在该部连续剧当

中，在雪地里，芦席裹着王熙凤的尸体，被人拖走。但这样的设计，很多观众包括学术界的很多专家学者都不认可这个结局。

话又扯远了，我要说的是，琏二奶奶虽然最后还是死了，因而她失去了反躬自省的机会。后人读之无不为之惋惜哀叹。然"后人哀之而不鉴之，空后人坏后人矣"！

鸿雁惊落
——写给山西一位陌生的文友

生活不是每天都在众星捧月的光环下，生活是永远在路上，在为梦想添砖加瓦之中，生命本就是一个厚积薄发的过程。

——大同·北风

一双着风的眼睛，静静地坐在面孔之上。

这时，一片羽毛坠临在湖泊中间，它轻盈地回旋，辗转的技巧及飞来的姿势，让神态生动。

翻阅着你的来信。真真的一种温馨的享受。

很久以来，无人再用弹奏高山流水的手势，把一林树荫投影，在你字句构筑的田间路径踱步，感觉很好！

你或许还不知道吧?

地处川西北重镇的绵阳的阳光很直接很爽朗,于千里之外就想念北纬 39° 的山西大同的你。

想大同这个"三面临边,塞北要害。东连上谷,南达并恒,西界黄河,北控沙漠。实京师之藩屏,中原之保障"的兵家必争之地,缅怀追忆杨家将血浴沙场的故址——金沙滩(今属山西朔州市界)与大名鼎鼎的抗日战争战场——平型关……

这一切的一切,像是最尖锐的话题,不可能一抹而过。

这一切的一切,像是最明确的线索,可以深到无法化解的渊源。

那河流亦浅亦深,赤足走完全程,倘若不被水暴湿四年沉默后的胆怯,已成为不可能了。

翻阅回信,要用手心触摸羽毛的仔细,用掌与掌之中的贴进,便要几日缄口的沉静。

但凡轻柔的东西,要相近似的平息,才可能有最贴身的了解。

绵州校园,那现实的生活如卷空窗纱,委婉地阻挡把一片羽毛看得更清楚。

闲暇,当我在文字里谈学业生活、话人间冷暖、评远喜近忧、书市井芸芸众生,你的信就搁在我的句子底下,是最合味的酒色中最纯粹的冰,沉在最深处。

心境太喧杂了,我不肯在混沌里匆忙摆渡一封信函。

当我静到可以看的时候,我就一直看到它整个彻底溶解,通过一个手势,轻易变成一股酒意沁心,让一颗心温热而继续含蓄。

信中,难得你把一段心绪放大,看得见每个细胞的跳动,然后你静静地、自然地挪开放大镜,避开一切深究,那就是你日晒雨淋练就的功力吗?

在你的信到达的这个地方,是我营造的第一个壳,在壳中还没孵化出啄破黎明的雏鸡,便整个外壳内连滚于红尘了,唯恐与生存空间与生

活时间渗透不够，像上苍宠爱的电动鸡仔，一阵忙碌就做完规定的程序动作，一停下来，生怕如啄米时带动的灰尘，被惯性远远抛弃。

我拥有许多梦寐，舒适的座椅为我设定，我站在金光灿灿的橱窗，展览一种生活的姿态，一百年也就过去了。

但我却期待结束黑暗的苔藓，在钟声疲惫了，有一段离开自己的距离，从一些过程中深入故事情节，让它们在文字的岸边晾晒，像木乃伊吹干水分，浓缩最本质的成分。

这样在一次仰首之后，我不敢出声，只是把一些深刻的事件堆码起来摇摇手而血液从枝丫上滴落，已经是无法更改的事实了。

保留一种清醒已很不容易，正如你说的我们彼此的印象早就十分模糊。

走在街上，彼此都会亲自省略彼此，日月当头，我迎合生活环境的面孔，布置得工整，打扫得很干净，很容易让人联想到一张张花草稿纸单薄的灵魂。

将来，即使你看见我，只要一眼就够了，但现在我们自有另一种注目，在文字与文字里相互凝视，语言似强频度的电信波段，不会因为不同的质地、距离或位置而随时随地中断。

读你的信，犹如一杯意蕴复杂的浓咖啡，小杯而澄莹的茶色，味浓不会饮的，总说那是化不开的苦涩，真正的饮者却滋滋乐道，意迷其中。

我真想盗取你立体的表达方式，让农夫也感叹：多么美丽的玻璃！使贵妇人惊喜：多么辉煌的炫耀！让钻石家说：吃惊的游刃表达……

要怎样的智慧，才能用最简单的表现那些最复杂的，用最复杂的表现那些最简单的，只是想想便累了。

而你把那些象形符号附上魔力，调合成可以狂饮可以细品的咖啡，又如那颗木糖醇一般的润喉糖，初期的清凉就一路走下去，合上了嘴，木糖醇犹如在口，滋味早已潜入我心。

当我真真正正地读完你的来信，离我梦游山西、神游大同的日子就不远了。

既然你对我的性格、品行、才学有了基本的概念，我就不必掩饰字迹的杂乱与思绪的凌乱，在清雅别致的书房里待久了，实在太喜欢半躺半坐在床上，零食与饮料摆在床头柜上，边吃边喝边想边写，指尖的舞蹈在夜里如蝴蝶一般翻飞。

如果你有耐心看这团团乱草，我就非常高兴地继续维持，大抵习惯也放任不管了。

在电脑故障排除后，一盘清逸的檀香，散发袅袅的流云，久久回旋在书房和我的心间。

键盘一旁是一大堆的新鲜杨梅，那是一个同窗赠送我的，口含一枚梅子，打出一些清楚的文字符号给你。

暑假很热，子夜已过。夜间吟叫的蝉儿也热得不耐烦。

明天中午十点我或许才会醒来，叮嘱那些文字符号变成鸿雁，振翅高飞，问候千里之遥的朋友——山西的你！

正是那个时刻，我拜托了睡眠的纠缠，活在心灵之中，每每想起惊落的故事和面孔，这样的时刻总是如同春风一样温暖。

两粒种子，一片森林

车上流淌的音符

当早晨的第一缕阳光折射到我的脸上，

我正奔波在奔向东辰学校漫长的旅途上。

蒙蒙眬眬的眼睛不自觉地睁了开来，

不停地打量着玻璃窗外的世界。

我看到青山伴着绿水，绿水映着青山，

小鸟儿在自由地翱翔

吟唱着春天般的歌谣，

一切都是那么的和谐、美好……

——题记

四路车上的暖人春天

几乎每周因为回家与返校，我都要往返于绵阳和丰谷之间，公交车成了最主要的交通工具,虽然不得不要经常忍受车不准时、人多小偷多或者服务态度差等状况,但有时也会遇到一些令人愉快的事情。

应该是半年前的一个周末了,那段时间的天气比较冷,淫雨霏霏,弄得人的心情也晴朗不起来。那天下午我放学后仍旧和往常一样,搭上了回丰谷的公交车,车上的人较多,我上去的时候只剩下几个空位了,我拣了个靠窗的位置坐下来。

雨依然没完没了地下着,风从车窗缝隙里钻进来,真冷。

我习惯性地扫视了一下车内,发现在我前排座位上有一个小男孩,应该还不满三岁吧,斜靠在座位上,独自玩着一个空汽水瓶儿。

这是谁家的小孩,这么小,怎么可以放心让他独自一个人坐车呢,我正纳闷着,就看见公交车司机回头向这边看过来,眼神那么温和,充满了关爱。

我恍然大悟,这一定是他的孩子吧,也许是夫妻两人都要上班,孩子放在家里没人照顾,于是不得已把他带到车上,跟着爸爸一起工作。

车又到站了,有几个人上来,走在最后的一个男人坐在了小男孩身边的空位上。

车子继续行使着,小男孩很听话,不声不响的,只是玩弄着手里的汽水瓶。

渐渐地,也许是累了,也许是单调的发动机响声起到了催眠作用,小男孩的眼睛慢慢地合上,身子也开始向一边倾斜。

司机有点焦急,瞅着红灯停车的空当,他跑过来,没有跟小男孩旁边座位的男人说话,只是用手势示意他站起身来,然后把小男孩的身子放平在两张座位上。

我看见那个男人脸上由错愕转为尴尬的神情。

红灯转绿灯,车又启动了。

尽管司机已经很小心地驾驶了,车子还是比较颠簸。

　　我有点担心起来，天这样冷，车子又这样颠簸，小男孩就这么睡着，很容易着凉或者被晃动的车子摔到地上的啊。

　　司机很明显也有着同样的不安，不时回头向这边看看，但是职责所在，他也无能为力。

　　就在这时，被司机叫起身的那个男人轻轻地靠着座位边缘坐了下来，然后轻轻地将小男孩的头拖起靠在自己的腿上，一只手护着，另一只手就轻轻地握着小男孩放在外边的小手。

　　这一连串的动作做得那样自然，我甚至看到了男人眼里暗含的笑意。他家里一定也有一个和小男孩一般大小的孩子吧，我这样想着。

　　司机也看到了这一幕，眼里有感激，也有自责。

　　因为有了这样好的依靠，小男孩睡得更加踏实了，也许睡梦中的他根本就不知道发生了什么，只是美美地舔了下唇，甜甜地睡着。

　　车窗外雨一直下，车里的人们呼出的热气在车窗玻璃的内面形成了一层白雾，我突然觉得温暖起来，那感觉就像春天来了。

<h2 style="color:red">谁在惦记着你?</h2>

　　快下课的时候，我无缘无故地喷嚏连连。

　　同窗不解地说，谁在惦记着你呢?

　　窗外没有阳光，天空阴沉沉的，在都市的水泥高墙之间谁又会在惦记着我呢?

　　谁会惦记着你所在的那个城市的气温，谁会惦记着你很久以前说过的一句话，谁会惦记着你是不是开心，又是谁会惦记着在深夜里发一个短信给你?

　　想起一个人，一个许久没有联系过的朋友。

她，是我初中同窗好友。

初中毕业后大家去了不同的高中，因为忙于学业也很少见面。

再后来就听说她初中毕业后要去广东打工。

日子如流水一样地过，奔波在烟火红尘里，永远地忙忙碌碌，不知不觉间，我们在人海里走散了，失去了彼此的消息，可是我仍然牵挂着她，总设想着那些曾经从心底开出的花儿将会在某一个不能预见的日子再次盛放，迎接我们在茫茫人海中的再次相逢。

也许惦记着我的是日渐年老的双亲吧？他们打电话来永远是那几句话：家里都好，那边的气候是否习惯，那边的饭菜是否合胃口，天气再热也不要吹太多空调，对身体不好。你很忙，不要惦记我们。

可是他们却一直一直地惦记着我。

如往常一样踏上了回家的路程，在公交车上找了个靠窗的位置坐下，无聊地打量起车上每个人的脸来。

十分陌生的面孔，互不相识的人，只是因为共同的需要才在同一时间乘坐了同一辆公交车。

我的眼睛无神地转向窗外，这种空洞在几声短信的提示声中结束，随之而来的是其他人手机时断时续的短信声。

打开信息一看，原来是表弟在端午节发来的祝福短信，还有几个好友发过来的同类型的短信，就连忙碌的老爸和老妈也时髦地学会了发短信表祝福。

正在阅读回复时，车上响起一声清脆的声音："祝大家端午节快乐！"

所有的目光聚向这一发声源，原来是一个女孩对车上所有人发出的祝福。

大家没去探究她叫什么，只是微笑地说着"谢谢"，车内的气氛也在一瞬间变得柔和。

都市的钢筋水泥结构再坚固也抵挡不了关爱的进攻。

原来的陌生、冷漠被微笑、关爱所替代。

我拿起手机开始一一拨通每个我所能够想起来的家人、朋友的电话，送上自己的祝福，让他们也知道，我虽然远在城市的这个角落，但同样在惦记着他们。

售票阿姨给我的启发

早上坐"4 路"或"28 路"公交车到东辰学校上学，在车上会时不时碰到一位熟悉又陌生的阿姨。

阿姨衣着端庄大方，成熟稳重，有那么一点的浓妆艳抹，但也不失自然，看上去仍让人感觉很舒服。

阿姨脸上总是挂着微笑。一张带笑的善意的脸，不肯定能否给全车的人一天的好心情，但至少能令我心情愉快，一整天的学习开心。

因此，我时时渴望坐车时能碰到她，见不到她的时候，我会想起她。

一次，与阿姨刚好坐邻位，聊起她的工作地点，因为那里是我每天奔赴学校的必经之地，所以我很是熟悉，我善意而且满带肯定地告诉她："那您平时下错站了，您应该在下一个站下车，那样更接近您的工作地点。"

她微笑地摇摇头说："不，下一站下车，我就得往回走了，那不符合我的生活要求！"

"你的生活要求？"

"是的，我的生活要求就是'只许前进不许后退'。我要求自己每天都得前进，走路也一样，所以我宁愿多走一点路，也要一路前进着去上班。"

哦！原来如此，我恍然大悟，原来"只许前进不许后退"这样的大道理在日常的小事上能得到如此生动而且有意义的诠释，我很是感慨，对她更是加深了一点认识。

之后,我们没有了再次的交谈,毕竟是车上偶遇,萍水相逢,但每次在车上偶尔四目相投时,她总是报以我淡定的微微一笑。

有时我会在她不察觉之下端详她,直觉让我感受到她眉宇间的丝丝失意,再加之她衣着虽是得体,但明显廉价的服饰透露出她经济的不宽裕。

我猜测,目前她各方面的状况也许并不尽如人意,但我相信,在不断前进的人生信念下,她定能实现自己的理想。

我祝福她,希望她今后的人生之路与她一样充满微笑与阳光……

乘车见闻

身在外地,情系家乡,汽车成为我回家会返校而常用的交通工具。我以为,坐一趟汽车,犹如吃一顿家常便饭。

车厢里没有天下无贼的惊心动魄,也没有周渔的火车那样哀怨婉转。但细心观察,不免感觉到亲情、爱情、友情共聚一车。

很多人厌恶汽车上的旅途枯燥漫长,我却沉溺于其中流连忘返。

没有朋友的陪伴,每次的行程都是独来独往。虽然略显孤单,却别有一番滋味品尝。

汽车上,听到的,一声声父母对离家儿女的叮咛嘱咐;看到的,一幕幕与亲人分别含泪的眼眶;触到的,一丝丝离别的悲伤和重聚的期盼。

而我,只能保持微笑,希望他们看到后能够变得坚强。

同行的旅客中,不乏遇到一些健谈者,和他们天马行空,侃侃而谈。一边闲谈,一边观察,一边研究,他们是什么样的人,生活又会是怎样。

两位人物从中脱颖而出,给我留下了深刻的印象:

一个外企白领的故事

他看上去比实际年龄大很多。四十不到的人,头发已经花白,皱纹

攀爬于脸上。他，家庭幸福，事业有成。不过从他的话语中寻到的都是矛盾，找到的全是疑惑。他重复得最多的一句话就是"我是不是病了？我是不是应该去看心理医生？"

看起来，他是在问周围的人，其实是在问自己。

巨大的工作压力，快速的生活节奏，使得他把金钱看得越来越重。甚至认为买房也是一笔不必要的开销，将自己的别墅出租出去，自己住在租来的一套三室一厅里。本来不够用的午休时间还要用来关注股市行情。每天将神经绷得紧紧的，没有一刻放松。

目前，此种现象已开始危及他的身体健康，使得他不得不开始重视这一问题。

他一直十分困惑：人们工作是为了享受，腾出享受的时间和金钱投入到工作中去是为了能够更好地享受。

人一旦陷入了这个怪圈便无法自拔。

其实，这并非是他个人的问题，我们又何尝不是这样呢？唯有用一颗淡泊坦然的心去面对，也许这一困境能够得到些许解脱。

一个油田工人的故事

他坐在我对面不停地说着，就像祥林嫂一遍遍念叨她的孩子一样一遍遍念叨他的事情。

不过，众人都不厌其烦地听着，因为他此行的目的确实挺能够引起大家的兴趣。

他这一次是去南方接老婆。因为工作太忙，一时间和老婆闹起别扭，老婆一气之下跑到南方的表哥家，在表哥的店铺打工。已经半个月过去了，好不容易抽出时间的他连衣服都没来得及换一身，就从油田的井上下来踏上了南去的行程。

更可贵的是，为了能够见老婆时显得体面一些，还在路上买了一件新衣服。

听他的故事,一种幸福的感觉涌上心头。

如果他的妻子能够体会到他的用心,将会有一番怎样的感受呢?

可见,平凡的生活中也能迸发出璀璨的火花。我们只能在一旁默默地为他们祝福。

我们下了车,不知道对方的姓名,不知道对方的电话,我们各奔天涯。

他们的相貌模糊了,声音模糊了,不过那一份感触,那一份原味依然在我的心间。

程式化的校园生活蚕食着我敏锐的触觉,麻木开始延伸到周围的生活,汽车车厢里莫名的偶遇反而使人记忆犹新!

别样美丽　镌刻心扉

那是一个冬日的午后。

暖暖的阳光晒得人昏昏欲睡,心情有些莫名的浮躁。

是啊,一个难得的周末假期。

五天的忙碌后有了这样一个短暂的喘息,心中竟觉是"上天的恩赐"。我知道做学生的时光远远不够,但一旦来临,有时居然还嫌这样的周末假期太无趣,发愁着该如何打发。而现在却不免盼望与感激。

这校园生活哦,真是矛盾的两极。

临时接到一位文学朋友急促的电话,执意要我赶去三台看他。

我答应了。收拾好要带去给他的东西,站在绵(阳)三(台)路的汽车招呼站旁,匆忙赶赴另一个陌生地。

看着呼啸如流水奔涌的大小车辆,却迟迟等不来一辆停靠在我身边的大巴、中巴或是小巴,那份狼狈,不由得令人沮丧。

终于盼来了县城开往乡镇的城巴,临上车我才发现竟然没有零钞。

"反正是赶时间，上去了再说吧"，我心里念叨着上了车，倚着车窗调整好站立的姿势。

可能没见我要马上买票的意思，司机先生倒先开口了："同学，把钱放这里"，同时用戴着手套的手指往右指了指投币箱的投币口。

我迎着他的目光，露出尴尬的表情："叔叔，不好意思，出门太急，忘带零钱了，我有二十元整的，可不可以先投下去，再让后上的人把他们的给我，算作找我的……"

还没等我说完，司机先生就摆摆手说："我们这里不行。早知道没钱坐什么车呢，你看着办吧，要不给二十，要不现在下车……"

"真的不可以例外一次吗，我等很久了，就一次好吗，下次不会了……"我带着几近请求的口气想努力说服他。

但司机先生坚决的神情告诉我，即使我再怎么说也是徒劳的。"那好吧，麻烦您开门让我下车。"

正在往前挪动步子，一个声音从身后传来——"师傅，我帮他给！"是个女孩子温柔之声。

我转过身，见她正对我说话："你要到哪里去？"

"三台。"我张口回答。

之后，我诧异地看着她从口袋里掏出几枚硬币，一个个慢慢地放下去，"1，2，3……"她边数边点头，神情专注地好似在雕琢一件精美的工艺品……

那女孩有一双白皙的手掌，淡蓝色的发圈束着不多的几绺头发，配上格子衬衫，显得文静而秀气。

"好了，可以了。"她笑笑地看着我说。

这是一张从未见过的脸，青春而充满朝气，清亮的眸子看得人直抵内心；原本，她的五官平凡无奇，然而，此刻当我的心完全沉浸在这样宁谧的气氛中，她不再是个平凡的女孩——我惊异于她那热心助人的别样的美丽。

"谢谢。"我微笑着感激她，一时间竟找不出更好的语汇来表达我当下的心情。

"你也去三台吗，等下了车，我马上换了给你！"我急着表明。

她却只轻轻地摇了摇头，只说一句"不用了"，就径直朝向车后方的座位走去。

我看不见她说话时的眼睛，但却可以想见她说话时的表情，那种淡淡的美丽。

那一刻，从她娇小的背影中我嗅到了一丝温暖的感动，这瞬间的幸福感刹那间涌遍全身，让上车前焦躁的感觉连同刚刚的不快，在顷刻间荡然无存，完全消散在了一位陌生人善意的温柔中……

的确，在我们忙碌的学习和生活中，还能遇见这样美丽的故事发生，突然觉得，即使只是一个人行走在异乡的大街小巷，或是流浪在没有家人朋友的陌生城市中，也可以是一种自在与抚慰的好心情。

一路上，我都没能再和她说上一句什么。

承受了陌生人的好意，想想平日里对这学业生活、对这芸芸众生、对这大千世界的诸多苛责与抱怨，也会忍不住自问：我曾经替不相干的旁人做过什么？事实往往是我们自己本身，遗忘了这世界原本有的美好，却反过来埋怨说从未曾领会。

其实人与世界的诸多联系，常常是与陌生人的交接，而对于这些人，无欲无求，反而更能表现出真正的善意。

我想，那每一次照面，如清荷映水，都是最珍贵最美丽的人间情分与缘分。

如此，我们都且行且珍惜吧。

两粒种子，一片森林
——写写我知道的打工群落

"我们每个人都应该关心他们，因为他们得不到关怀的时候，可能就会去伤害别人，你不去关心他的时候，某一天他的痛苦就会延续到你身上。"

最近，老爸对我说了上面这样一句话，很有感触。据说，此言出自于广州《南方周末》的一篇新闻报道。

之所以有感触，首先缘于几年前看的一部电视剧——《生存之民工》。片子是初中语文老师极力推荐的，还说，这是她那么多年来看的最好的一部写实的电视剧。

尽管，我家里有老爸从绵阳一影碟店淘来的不少国内外好碟供我欣赏，也尽管欣赏电视剧比欣赏电影要累人得多，但还是先挑出了这套碟细细观看。

当然，除了我老师的热忱推荐，最初看这套碟还因为导演管虎（一个对时政、社会、文化、生命、生存、价值、理想等观察独到、关怀深刻、形式不拘一格，并易于被公众广泛接受和认同的导演、剧作家）的大名，和他的《七日》、《冬至》和《头发乱了》等。

听说在摄制《生存之民工》一片时，管虎事先就严格规定：所有参演者，一律去掉"演技"这两个字！

管虎严令演员先真实体验几十天民工生活，俊男靓女一概不要，四十多位真正的民工随之被起用（最大场面曾达到起用五百名真实民工），并参与剧本探讨。

打，就真打；摔，就真摔；干，就真干；吃、住、睡，三个多月都与民工在一起。

该剧情节全由片段支撑，管虎把以往的叙事经验全部废除。

结果，该片近乎完全地达到了现实境况当中的一切效果，表现出了超强的批判写实能力，激起近百分之百的公众认同，报端、杂志、电视、电台、网络对于该作的评价，"真实"二字几乎次次俱在！巅峰之时，管虎作品已几成"真实"的同义词。

真正看了《生存之民工》却让我欲罢不能。该剧纪实性的拍摄手法和关注弱势人群的题材，已将中国电视剧原有陈腐的、教条式的框架完全打破，专家赞誉道：管虎的电视剧成为中国电视剧的另一个新起点。

请看看管虎镜头中记录的那些真实的片段吧——

完工了，一群民工却几个月都没领到工钱，家乡的收成等不得，于是大部分人回家割麦子，把讨工钱的任务交给了工头和几个看着工头讨工钱的民工。

《生存之民工》的故事就这样开始了。

不知老板是谁的民工们对讨钱不得要领，准备闯关却被凶悍的保安挡在门外；

工头谢老大打着自己的小算盘，陪着老板的手下打麻将，只为讨着自己的那份工钱为每天"喝血"的孩子看病；

疼爱妹妹的王家才，眼睁睁看着只想做城里人的妹妹被人抛弃后生子而又进了"发廊"，他最终向抛弃妹妹的人伸出复仇的手；

　　杨志刚收获了爱情，却因此得罪了街头混混而多次被打进医院，爱情也不得而终；

　　有一手搓澡绝活的陆大有不知经常来找他搓澡的便是拖欠他工钱的老板，同时也是他老婆傍的大款……

　　一群或是被迫或是自愿远离黄土地的人们，在异乡艰难地生存着。

　　我可以相信，每个人看此片时的感觉是，导演是谁、演员都有哪些名角都是次要的，触动我们心灵的是剧中的那些人，那些事，那种严酷的生存状态。

　　我们的祖辈怎么也想象不到，有一天，他们的子孙会离开他们勤恳耕种数千年的土地，离开面朝黄土背朝天的日子，而选择另一片天空寻找梦想或是生活的空间；

　　曾经为了争取温饱而在20世纪中洒下无数鲜血，换来"工农兵"平等对待的父辈们也想象不到，他们的子弟被人称作"农民工"，一个本是朴实的称谓被人说起时时不时都会有一种不屑。

　　是被称作"农民工"的他们遗失了吗？还是被称为"都市人"的人们迷失了？

　　一次培训会上，一位作家老师曾讲过，当人与人的沟通冲破"尊重"这条底线时，尴尬局面就无法收拾。

　　是啊，在城市的天空下生存的农民叔叔伯伯、兄弟姐妹们或许并不奢望关怀，甚至也不是尊重，他们的大多数选择的只是基本的生存空间，为家人也为自己。

　　而当这些都无法得到满足时，身为弱者的他们，跳楼成为"秀"，讨薪成为不稳定因素，于是乎感觉诉求无门的他们便伸出了非法的强势的复仇之手。

　　于是，哪个农民工把老板的店铺给烧了，哪群农民工聚众闹事了，哪个抢劫犯就是农民工……诸如此类频见报端。

痛苦就这样慢慢延续下来，人们开始把城市"乱了"的原因归于农民工多了，于是鄙视愈来愈多强烈，痛苦也越积越深，城市也愈来愈纷乱……

记得几年前，老爸不止一次地给我讲起《南方都市报》《南方周末》曾经连篇累牍报道的阿星杀人事件，便折射出了这一生存怪圈。

阿星，一个十五岁便在深圳"砍手党"烧火做饭的孩子，耳闻目睹同乡们的残忍，秉着自己的良心拒入歧途。在十八岁时，阿星离开"砍手党"兢兢业业打工谋生。

当主管拒付工钱，又要辞退他的时候，还是孩子的他却伸出了罪恶的手。

我想，这个似乎久远了的、让人唏嘘的真实故事，有着让人唏嘘的复杂原因。

就像文中报道所说的那样：他们的痛苦，也是我们的！

据我所知，中国农民，有着与生俱来的朴实与根深蒂固的善良。

为了生存，他们可以在城市里选择隐忍自己的痛苦，但他们的新生代，有着与他们长辈更多的躁动与不安，惶惑与不平，他们期望为这个城市付出汗水的同时能获得应得的回报，既有物质的也有精神的。

因此，他们的痛苦就更多，潜在的危险就越大，引发这些痛苦的导火索可以有很多，但具体而微的是我们每一个人实实在在的言行态度。

就在不久前的某一天，我去一家银行办卡，排在我前面的是一位满身还沾满油污的农民工，满是茧子的手战战兢兢地将几张百元钞票递给银行职员。

银行职员验出其中一张是假钞，二话不说就要没收。

他急得就要哭出来，嚷着这一眼能数得清的几个血汗钱是昨晚老板才发的，要拿回去找老板算账。

我无意去指责他的老板拿假钞充工钱是故意抑或无意，但在电视新

闻中我的确看到南方有老板专门购买假钞给农民工发工资。

因为,倘使老板是故意的,指责泯灭了良知的人其作用极其有限,而这样的人相信也是社会的少数。

然而,让我生气的是银行职员的鄙夷不屑与恶言恶语。

没收假币是铁定的政策,但他们应当细心解释,耐心说服,而不能因为对方的身份而忘了他们也是上帝。

我想起了那么一句话"两粒种子,一片森林",那两粒种子应该是:爱心和同情,那一片森林就应该是我们的和谐社会吧?

身为大多数的我们,应当对这些为这座城市的过去、现在与未来更加美丽而付出辛劳的他们一份更多的关怀,哪怕是平和的对待。

莫忘了,其实并没有"他们"与"我们"之分,养育我们的都是同一片土地。

流血的抉择
——电影《唐山大地震》观后随笔

倒塌的房子都盖起来了,可我妈心里的房子再也没盖起来,三十二年守着废墟过日子!

——电影《唐山大地震》台词

几年前,我看过钱钢撰写的一篇著名的报告文学——《唐山大地震》,加上自己有幸逃脱了汶川大地震的魔爪,于是内心不停地感伤与流血。

那次大地震的时间是 1976 年 7 月 28 日,地震的震级达到了里氏 7.8 级,在短短的二十三秒时间内,恶魔竟造成了 242769 人的重大死亡。

几十年后,诞生了一部毁誉参半的大制作电影——《唐山大地震》,由著名导演冯小刚执导。

该片描述在河北唐山地震中,一位叫李元妮的母亲只能选择或救姐或救弟的荒诞而又现实的命运。

影片中,那位母亲最终选择了拯救弟弟,但姐姐却奇迹般戏剧般地生还,后来还被解放军收养,三十二年后他们家人意外重逢,心中的裂痕等待他们去修补的悲感情节,再一次勾起了当代人们对那一段惨痛灾难的回忆与缅怀!

基于此,经历了里氏 8.0 级"5.12"汶川大地震的我,写过《地震十日记》、《地震后十日记》、《幸福的羌族老板》、《"5.12"大地震北川遇难教师们两周祭》、《那些会永远镌刻在心灵深处的时光》、《快乐的小娴》、《感动》等文章的我,怀着极其悲痛的心情,去观看了这部让我触景生情的电影。

看电影的间隙,我还了解了一些关于这部电影的花絮。

据报载,电影《唐山大地震》7 月 22 日上映,至 8 月 18 日,票房突破了六亿元,创造了中国电影国产片票房的新纪录。

有人说,唐山大地震和汶川大地震都是难以言及的痛,电影《唐山大地震》难得地直面了这一题材。

他说,从冯小刚拍电影到现在,所有的作品他都看过。他甚至还觉得,《唐山大地震》不仅仅是冯小刚本人最催泪的一部电影,也是最平实最震撼最刺痛人心的一部电影,比前两年让他颇为欣赏的《集结号》

更深深打动他自己。

他还说，《唐山大地震》必然是冯小刚导演从商人到电影艺术家彻底转变的一部里程碑式的作品！

也有人说，历史是被用来遗忘和篡改的吗，这部《唐山大地震》的电影没有让我感受到足够大的历史真实，在基本的感性观赏之后，稍微动用理性思考，便只感觉到足够的主旋律的虚情假意。

电影《唐山大地震》还不如就叫其所改编的原著名字：《余震》。因为通篇关于地震的当时与之后不久的事讲得太少太单薄，每次让人刚想感动想哭的时候就没了再继续的情绪。

我想，以冯小刚大导演一贯的水准，不会不知道怎么样去升华什么情形再去转场吧，所以这一部电影是一个难得的好题材，剧本的故事也还可以，但是主旋律太重了，电影太轻了……

虽然我们可以说，《唐山大地震》这只是一部电影，电影只是为了催泪，为了美化，为了歌颂。我们又不是去看纪录片的，但是既然叫作《唐山大地震》，既然这部电影是要给亿亿万万的国人甚至别国人看的，那么对于历史，总应该有基本的严肃与尊重。

在这部叫《唐山大地震》的电影中，我们看不到——

1976年的唐山市人们的真实生活是怎么样的，当时的时代背景是什么样的。

震前究竟有没有过地震预警，那么大伤亡是天灾还是人祸？有人需要承担责任吗？

…………

有意思的是，八一电影制片厂曾经拍摄了一部反映汶川大地震的电影——《前方后方》。

影片由海军政治部电视艺术中心创作，以汶川大地震为背影，以军地医护人员舍生忘死，投身抗震救灾为主线，着力刻画坚守前方后方的白衣天使们发扬救死扶伤的人道主义精神,挽救生命、拯救心灵的故事,揭示出大灾面前人性的光辉,爱心的永恒,以及灾区军民战胜困难,重建家园的坚强决心。

我昔日在绵阳东辰国际学校的一位能歌善舞的女校友非常幸运,在该片中饰演了女二号梅雨,女校友演绎了那个真实的喜欢跳舞但最后不得不截肢的我们绵阳市北川县女孩李月的真实故事。

只可惜,电影《前方后方》并没有引起意料的轰动。

今天的"二十三秒,三十二年",竟然是电影《唐山大地震》的广告宣传语。

拍摄贺岁片而天下闻名的冯小刚,就是用这样的独特广告语,把我领进了《唐山大地震》的放映厅。

电影《唐山大地震》改编自华裔女作家张翎的小说《余震》,讲述了一个"二十三秒、三十二年"的故事——

那是 1976 年 7 月 28 日凌晨,一场大地震将唐山在 23 秒之内变成一片废墟。

姐姐和弟弟两个人同时被压在水泥板下的时候,那些救援人员说只能救一个孩子,母亲李元妮真的是在那种情况下无法做出其他选择,她在面对两个孩子只能救一个的绝境下,无奈地选择了牺牲姐姐而救弟弟。

这个决定改变了整个家庭的命运,也让幸存者陷入一个难以弥合的情感困境,但终究在 2008 年 "5.12" 汶川大地震时才得以释怀。

本片导演冯小刚说过,他希望观众从《唐山大地震》中看到一个如何让心活下来的温暖故事。

我想,导演冯小刚阐述的电影语言和电影元素,都会是充满了强烈的震撼力的。

天灾的凶险无情,人类的无能为力,亲情的大度无私,这些都深深地震动着我的心扉。

然而，震得我不知所措、到现在心口还是麻麻的，却是母亲李元妮的痛苦选择。

那是一个怎样的选择啊！

由于时间极度紧迫、救援技术落后、人力极其单薄，在救援中，儿子与女儿，母亲李元妮只能二选一。

我相信李元妮的抉择，心里流着血，眼眶流着泪。

对此，影片中的姐姐对母亲有了成见，三十二年都没有跟母亲联系。

看完了这个电影片段，一个初中生告诉我，他觉得姐姐不应该对母亲有成见。因为当时母亲选择弟弟也是迫不得已的。

这个不是选择的选择，在灾难面前显得毫无道理却又真实可信，无论她选择谁，李元妮选择的只能是撕心裂肺的痛和终生蚀骨的悔疚。

看完电影后回来，我在书房里查看了一些关于唐山大地震的文字、图片资料。

真实的历史，其实悲惨、伤痛得多，电影里的一对儿女显然属于极其幸运了，一下子成了老板，一下子嫁了老外。

什么好事都遇上了，真真是大难不死，必有厚福。

就当这些小概率的有可能都被他们遇到了，但是这样先把历史替换成虚构的家庭矛盾，又用童话般的好运和相逢来和谐掉这些矛盾，就在这样的模式化的"心灵按摩"中，人们忘记了真实的失去，接受了虚构的团圆，心满意足地离开影院，不再思索，不再疑惑，真的以为一切都过去了，灾难的反思与沉痛被弱化了。

真像 QQ 群里那些外地的朋友，他们对"5.12"大地震无法感同身受，几乎是一个腔调地问我：地震过去了，你们那里依然美丽吧？！

很多未曾经历过和了解过唐山大地震和汶川大地震的学生们，他们以为《唐山大地震》这就是历史的真实，这就是历史大片。

看完以后，并看到他们的感受，我真的觉得如鲠在喉。

我有一位亲戚原是绵阳的居民,大地震后唐山的新城落成,她只身到唐山安家落户。

前不久,她回绵阳后讲过她一位邻居的爷爷奶奶经历当时地震的真实故事,那位朋友说了一句实话:你们看的是电影,而我们唐山人看的是自己的过去!

电影就是电影,历史就是历史,两者有着本质的联系与根本的区别。

经历了"5.12"汶川大地震生死考验的我完全有理由相信,在1976年的唐山地震中,李元妮这样的故事应该真实地存在着的,而且还很多很多。

我不知道唐山大地震时那些母亲怎样压着悲痛做出决断,更不知道在日后的生活中,她们经历了怎样的心灵折磨,像李元妮般过着苦行僧的赎罪日子。

生命对母亲们来说是十分珍贵的,那是至亲牺牲自己的生命挣来的幸运,活下去是她们对逝者的责任。

可,生活对她们来说又是如此的沉重。

每天在失去亲友的悲痛中挣扎、在悔疚中自我折磨,她们也曾想放弃吧。

悲伤的是,在生存的责任与生存的放弃中,她们没有选择,正如当初在"儿子与女儿"的选择中一样,她们只能选择坚强地活下去。

一个人,如果连选择放弃都不能的话,那是怎样的一种隐忍和无奈。

"5.12"大地震后,我采访了一位阿姨(她是我老爸的同学),她的老公王叔叔在北川县一单位担任领导。灾难来临时,正在七楼会议室主持会议的他与其他同事顷刻间被整幢大楼覆盖。

阿姨的女儿闻此讯,逼迫阿姨一定要找回老爸的尸体,可那是根本不可能的。直到有一天阿姨的女儿来到父亲遇难的地方,看着那压在倒塌大山下的废墟,她才明白母亲无能为力的缘由。

当我给黑龙江一出版社的书籍《灾难中我们学会坚强》撰写卷首

语和其他稿件时,阿姨的女儿对我说,自己执意选择让妈妈找人刨出爸爸的遗体,是多么的不明智啊!

听完这话,这本书的主编将阿姨和女儿的故事放在书的首篇,并安排了地震前他们的一张全家福。

有时候我想,被抉择或许也是一种无法改变的无可奈何。

前几天,一位好友向我提起她的烦恼。

烦恼的起因是她跟我一样,明年要参加高考了,她不知道该让自己出国求学,还是继续留在国内上大学。

我当时就对她说,你的烦恼在于选择太多。如果她不是家庭生活富足,她自己不是成绩优良,她就不会有多个选择项,也就不会有种种烦恼。

是啊,很多时候,我们总在不停地抱怨:唉,我真是没有选择。

可当选择在我们面前的时候,我们总是错过总是不知所措。

所以我对她说:有选择是幸运的,就怕没有选择。请用心地做好你的选择题,别辜负了选择的机会。

是的,没有选择,是苦;有选择而浪费了,是悲。

去年我们学校文理分科后,让家长和自己与校方签订一纸选科自愿书,所有的同学像一张张扑克牌,进行纵横交错的洗牌,进行大刀阔斧地整合,有的同学得意扬扬,有的同学垂头丧气。

而我就像是大地震中的唐山人,或是汶川大地震中的北川人,在睡梦中的时候,在工作或学习的时候,他们生命就被洗牌与整合了,那份无力感实在是不可名状。

那时候,我常想,如果可以让我选,我就选择我自己能够抉择的一切⋯⋯

可是,很多时候我们并不知道,生死抉择很难很难,那其实是一种流泪、流血的无奈行为。

听婆婆唱川剧《白蛇传》

天上人间 / 金玉良缘 / 寻觅真情一片 / 不愿登仙成虚幻

/ 愿笑比翼情意绵 / 聚散依依总有时 / 难让光阴锁月圆 /

船舟借伞 / 蒲阳惊变 / 断桥破镜重圆 / 善恶美丑总分辨

/ 不堪回首苦与甜 / 万种情思挥不去 / 一曲悲歌唱奇缘。

——大型川剧电视剧《白蛇传》主题曲《奇缘》

亲爱的婆婆：

您好！

快到重阳节了，在这个值得怀念追思的日子里，我想到了您，也回想起您曾经给我唱川剧《白蛇传》中的那些唱段……于是，我在这个时候，我浮想联翩，夜不能寐，抽时间给您写下了这封书信。

婆婆，我掐指一算，您今年也是年满九十高龄了。

在我的记忆中，您从前坚持信仰真善美，热爱劳动，孝敬长辈，关爱下一代，真是好心有好报呢。到如今，您眼不花，耳不聋，干起活来，手脚竟还是那样的灵活麻利，走起路来仍旧轻松自如，给人一种矍铄、硬朗和干练的感觉。

婆婆,在我的记忆中,您一直是一个善良的老人。

每每夏季炎热的暑天,有认识或不认识的街坊邻居、乡下百姓经过我们家时,您总要热情地邀请别人到家里歇歇脚,避避暑,然后你就跟别人拉家常,其间您还要给别人泡上一杯香茶,那温馨的氛围和着清幽的茶杯里飘逸出的阵阵芳香,让人觉察出您的热心热情。

倘若遇见大雨滂沱,雨流如注,您总要请淋雨的人到屋子里避避雨,若别人有急事,您还会借一把雨伞给人家,看见别人高兴的样子,你比人家还高兴。

假如乡下的人找我爸爸或其他人,来的时候正遇上午饭时分,哈哈,莅临者算是很有口福了,婆婆一定会执意邀别人入席就餐……

婆婆,您还是一个勤劳、朴实和快乐的老人。

您每天早早起床,忙完这样又去忙那样,只要我爸爸和妈妈忙工作去了,您就会带着围裙忙家务:帮爷爷(已经去世 5 年了)洗衣服,熬中药,煮早饭,五姑姑下乡去办事了,您还要帮着喂鸡喂猫……每天您都是这样,从早忙到晚,我一次也没有听到您叫一声苦,喊一声累。

说真的,这些年里,忙于学习的我对您的辛劳无数次地由衷地表示着深深的敬意!

婆婆,每当您闲着的时候,您就将我搂在怀里,轻柔地给我讲着梁山伯与祝英台、牛郎与织女、七仙女和董永、孟姜女哭长城和二十四孝故事。

当然,我最最喜欢的还是您讲白娘子与雷峰塔的故事。

"雄黄威力非寻常,

你法力浅薄难抵挡。

娘娘自能巧周旋,

你快进深山躲端阳……"

每每讲白蛇传的故事之前,婆婆您一定先唱这样一段川戏《白蛇传》里的唱词。

然后,您认真、虔诚地讲述开了:很久很久以前,美丽杭州有一个美丽的传说,那里有一对恩爱夫妻白娘子和许仙,被一个叫法海的坏和尚给拆散了。那个邪恶、阴险的法海还把许仙藏在金山寺里,把怀孕的白娘子压在雷峰塔下。最后,白娘子靠着坚强的毅力活了下来,再后来在儿子的帮助下,白娘子推倒了雷峰塔,从金山寺里救出了丈夫许仙……

然而,我从小就喜欢打破砂锅问到底,便一遍遍问婆婆您:世上真的有雷峰塔?雷峰塔下面真的压着白娘子和她儿子?雷峰塔是怎么倒了的?

然而,您听完这些问题久久不语,继而又给我讲起您小时候的故事。

从那以后,我便从白娘子的传说开始,又知道了您过去的一些事情:您有个双眼失明的老母亲,父亲早早去世,残疾的母亲因家境贫寒,也没有办法将您养大,早早把您送到乡下的亲戚家里帮人干活,得到的仅仅是维持生存的一碗稀饭一点泡菜,在田间地头您受尽了苦难,整日里吃不饱穿不暖,那些日子对您来说是极其黑暗的,小小年纪就留下了病痛,在这样的情况下,瞎眼的祖婆硬是把您接回了家。

"哭声咽,心痛肝胆裂,泪飞如雨悲离别,悲离别。
塔倒也,命夭折,历历往事心火热。
爱似雪,情纯洁,侠肝义胆真豪杰。
凤凰涅槃归去也,留下英名永不灭。"
…………

昕爷爷生前多次说过,婆婆您一回到家的第一件事,就是声情并茂

地唱《白蛇传》里的这段凄惨的戏文唱词。

不久当您的身体好了一些，您又到一家赵姓的人家帮忙，这家的条件比较好，又是我们镇的居民，特别是这家的当家人赵婆婆对我婆婆——您很好，就这样您把赵婆婆认了干妈，再后来祖婆把您许配给了爷爷，你们这才成了家，立了业，有了六个儿女。

您成家之初，偏偏正遇上了战火纷飞的抗日战争，唱《白蛇传》已经没了机会。

当时，日军轰炸机去轰炸重庆遭遇大雾天气，返航时却把机上的炸弹丢到了我们县的中学里，您与爷爷的生活又陷入困境……

您的妹妹在你的照顾下，从事地下党工作，后来做了副市长。而您好不容易熬过了抗日战争和解放战争，新中国的诞生让您与其他百姓看到了过平安日子的希望，但是阻挠经济发展的"文化大革命"接踵而至，《白蛇传》成为"封资修"和"大毒草"，您想唱也不敢再唱了。这时，您的孩子工作的工作，当知青的当知青，当兵的当兵，一群孩子像小鸟一样飞离您的身边……

我清楚地记得，每次您对我讲着讲着，眼眶里噙满了泪水，您都会这样对我说了"冰冰！"您一边擦拭着泪水，一边深情地说："你一定要好好学习，你看啊，还是新社会新时代好，没有了害人的法海和尚，也没有了压人的雷峰塔，我们生活的今天哦，天多么蓝，树多么绿啊……"

这些话您讲了无数次了，您依然还想着并不了解的雷峰塔与白娘子的传说……

突然，您会情不自禁地从嘴里传出一丝丝声音的淡淡的古朴的川剧曲子，音调很低，我仔细分辨了许久，才听出那是川剧《白蛇传》里的唱段，您认真地唱着：

"母子夫妻合家欢，

喜今团聚逐凤愿。

秋风经寒叶犹红，

几回离合更添欢……"

我有些不耐烦，用力挣脱了您的双手，内心感觉您唱的川剧《白蛇传》行腔很可笑，便跳着闹着，还不停地大笑着。

然而，专心致志唱《白蛇传》的您没有被我的打扰而停下来，您默默地闭着眼睛，嘴角轻轻颤动着，您就这样随着低调的川戏乐曲，身体像刚解放时扭秧歌那样，笨拙地摇晃着……

婆婆啊，这时我突然才发现，我自己原来真是太愚笨了，您对雷峰塔、白娘子的真切之心，早已经铭刻在心中，那是您身上留存着的一种对美好事物坚定与执着的精神，一种一辈子都不会湮灭的同情、抚慰和爱憎分明的精神……

婆婆，我掐指一算，也快有几年了，我没有时间躺在您的怀里，再次听您讲白娘子和雷峰塔的故事，听你唱过去一直钟爱的川剧《白蛇传》的唱词，可我相信我的婆婆，您会一辈子都是那么的虔诚，那样平静平淡地度过幸福开心的每一天！

当然，我会在您九十大寿那天，也要根据我阅读《三言两拍》中的记述，给您讲一讲传说中的雷峰塔和白蛇传的"正规"故事。

婆婆，您知道吗？雷峰塔在这个世上是真正有的，它建于公元 975 年，传说是吴越王钱弘俶为庆祝宠妃黄氏得子而建，也曾被称作"黄妃塔"。因其矗立在杭州南岸夕照山之最高峰——雷峰顶上，后来被命名为"雷峰塔"。

到了元朝之时，雷峰塔还是保存得较为完好，有"千尺浮屠兀倚空"的历史记载。

而到了明嘉靖年间，倭寇侵入杭州，因怀疑塔内藏有明军而放火烧

掉了雷峰塔木质的塔檐、平座、栏杆、塔顶等结构，只留下了砖体塔身。这场浩劫，在明崇祯时的一张西湖古画中，能得以充分证明。

后来，由于世间人们传说雷峰塔的塔砖可以用来驱病强身或安胎，许多老百姓就从塔砖上磨取粉末、挖取砖块，还有人从塔内挖寻经卷来牟利。1924年9月25日下午，几乎挖空的雷峰塔塔基再也不堪重负，突然全部崩塌……

婆婆，这才是雷峰塔倒掉的真正原因。

大文豪鲁迅先生曾有一篇杂文叫《论雷峰塔的倒掉》，他将雷峰塔倒掉的社会新闻与《白蛇传》的民间故事巧妙地结合起来，借雷峰塔的倒掉，赞扬了白娘娘为争取自由和幸福而决战到底的反抗精神，揭露了封建统治阶级镇压人民的残酷本质，鞭挞了那些封建礼教的卫道者，从而表达了人民对"镇压之塔"倒掉的无比欢欣的心情。

婆婆，您听明白了吗？说了雷峰塔，还得给您说说白娘子的故事。

传说南宋绍兴年间，有一千年修炼的蛇妖化作美丽女子叫白素贞，及其侍女青青（也称小青、青鱼、青蛇）在杭州西湖与药店主管许宣（或名许仙）邂逅，同舟避雨，一见钟情，白蛇逐生欲念，欲与书生缠绵，乃嫁与他。遂结为夫妻。

婚后，经历诸多是非，白娘子屡现怪异，许宣不能堪。

镇江金山寺高僧法海赠许宣一钵盂，令罩其妻。白、青被许宣用钵盂罩住后，显露原形，乃千年成道白蛇、青鱼。

法海遂携钵盂，置雷峰寺前，令人于其上砌成七级宝塔，名曰雷峰，永镇白、青于塔中。

这，便是著名的文本《白娘子永镇雷峰塔》的内容。

对于这个故事，人们很难接受。于是，后世有人又根据此传说再添加了一些凡人情节和俗世情结，使得白蛇传的故事更加平民化，符合大众的口味，得以流传至今——

在宋朝时的镇江,白娘子是千年修炼的蛇妖,为了报答书生许仙前世的救命之恩,化为人形欲报恩,后遇到青蛇精小青,两人结伴。白娘子施展法力,巧施妙计与许仙相识,并嫁与他。

婚后,金山寺的和尚法海对许仙讲白娘子乃蛇妖,许仙将信将疑。

后来,许仙按法海的办法在端午节让白娘子喝下带有雄黄的酒,白娘子不得不显出原形,却将许仙吓死。

随即,白娘子独上昆仑山,不顾身怀有孕大战仙童盗取仙草灵芝,在南极仙翁的帮助下,白娘子用耗尽千辛万苦得来的灵芝仙草将许仙救活。

而法海却设计将已经搬家的许仙骗至金山寺并软禁,白娘子便同小青一起与法海斗法,水漫金山寺,却因此伤害了其他生灵。由此,白娘子因为触犯天条,在生下孩子后被法海收入钵内,镇压于雷峰塔下。

后白素贞的儿子长大得中状元,到塔前祭母,将母亲救出,全家团聚。还有可爱的小青也找到了相公。

婆婆,我突然想到,重阳节快到了,真心期盼您老人家身体健康,颐养天年!更希望在您今年九十大寿的庆祝宴席上,再依偎着您的怀抱,与您一起唱一段您最最喜爱的《白蛇传》的一段唱词,我们就唱下面这一段吧——

"为妻是,千年白蛇蛾眉修,

美红尘,远离洞府下山走。

初相见,风雨同舟感情深,

托终身,西湖花烛结鸳俦。

以为是,夫唱妇随共百年,

却不料,孽海风波情难酬。

为了你,兴家立业开药铺,

为了你,端阳强饮雄黄酒,

两粒种子，一片森林

为了你，舍生忘死盗仙草，

为了你，水漫金山法海斗，

为了你，不听青儿良言劝，

为了你，断桥硬把青儿留……"

婆婆，我们一起唱《白蛇传》的事就算定下了哦，相信您会同意的。最后，孙子预祝您节日愉快！百年长寿！

您最爱的小孙子:冰冰

2012 年重阳节前夕

父爱如歌
——写给父亲的真心话

父爱如伞，为你遮风挡雨;父爱如雨，为你濯洗心灵;父爱如路，伴你走完人生。

恐惧时，父爱是一块踏脚的石;黑暗时，父爱是一盏照明的灯;枯竭时，父爱是一湾生命之水;努力时，父爱是精神上的支柱;成功时，父爱又是鼓励与警钟。

父爱,如大海般深沉而宽广。

父爱是沉默的,如果你感觉到了那就不是父爱了!

——高尔基

除了写作、书法、绘画、摄影、摄像和设计制作,我最喜欢的就是唱歌了。

平凡的日子里,年轻气盛的我时常为一首好歌欣喜若狂,激动万分。

但我不是 fans 和追星族,这些年我用坏了几个 MP3 和 MP4,我并不是沉醉于某个偶像的光环里,迷失自我。

我痴迷音乐和歌曲,所要做的是,在一首好歌或好曲里感悟人生,感悟生活带给我们的和谐与美好,感悟我那襟怀坦荡,不卑不亢,脚踏实地,笑傲人生的父亲。

父亲,是我最熟悉的一首歌,一首在我的记忆里珍藏的,永不消逝的歌。

那天返家,父亲外出了,只有母亲在家。

夜幕四合,明月初升,如银的月华透过窗棂,洒进了我的书房——"书香斋"里,我坐在母亲身边,和她轻松惬意地聊着家常,言谈之中便不时提及父亲。

忽然,母亲凝望着夜空一言不发,待她回转神来,我却听到母亲轻轻地诉说:"冰冰,你是在歌声中来到这个世界的啊!"

那是十多年前,父亲与母亲两地分居,母亲在一个叫"黄莲桥"的古镇工商所上班。

那里流传着千百年百姓的民谣:有女不嫁干坝王,红苕砣砣胀断肠,要想吃顿白米饭,除非上天见玉皇。"黄莲桥"这里无河缺水,崇山峻岭,沟壑纵横,盘山的土公路让车辆行人望而却步,农村经济作物单一,产业结构调整迟缓。

两粒种子，一片森林

面对条件艰苦，经济相对落后的地区，母亲没有一丝一毫的失落和退缩。当时，母亲正怀着我。命运的变幻莫测是人们难以预料的，不经意间，人们才真正认识到那个叫"孤寂"的字眼，为了让怀孕的母亲开心快乐，也为了未出世的我，父亲花钱买了一台收录机和一大堆磁带，送到母亲的手里，让她空余时听听歌曲和音乐，父亲说这是让未出世的我接受"胎教"。

"在一两天之前　我想出外去游荡

那位美丽小姑娘　她坐在我身旁

那马儿瘦又老　它命运不吉祥

把雪橇撞进泥塘里害得我们遭了殃

叮叮当叮叮当铃儿响叮当

我们滑雪多快乐我们坐在雪橇上

白雪闪银光　趁这年轻好时光

带上亲爱的朋友　把滑雪歌儿唱

有一匹栗色马　它一日行千里

我们把它套在雪橇上　就飞奔向前方

叮叮当叮叮当铃儿响叮当

我们滑雪多快乐我们坐在雪橇上

…………"

母亲告诉我，父亲给我唱的第一首歌，就是美国詹姆斯·罗德·皮尔庞特创作的经典歌曲——《铃儿响叮当》。

后来，我慢慢长大了，这第一首歌镌刻在内心深处，再也难以忘怀。于是母亲告诉我了很多关于詹姆斯·罗德·皮尔庞特和《铃儿响叮当》的故事，也由此谈到了人生——

1857 年，美国波士顿假日学校的学生在教堂有一场感恩节演出，学生们请邻居詹姆斯·罗德·皮尔庞特帮忙写了一首新歌，那轻快的旋律让孩子们马上就学会了，这首名为 "One Horse Open Sleigh" 的歌一经演唱就引起了轰动，并很快成为一首脍炙人口的经典圣诞歌曲。

两年后，这首歌再度公开发表，正式命名为 Jingle Bells（The One Horse Open Sleigh）。

《Jingle Bells》的词曲作者詹姆斯·罗德·皮尔彭特并不平凡，他毕业于美国著名学府——耶鲁大学，后来他遵照祖父的意愿，做了一名教师。

但是，由于他对学生总是慈祥宽容而缺乏严厉，保守的教育界很快就把他排挤走了。

詹姆斯·罗德·皮尔庞特随后又当了一名律师，他渴望用自己的努力来维护法律的公正，他不屑于当时美国律师界流行的"谁有钱就为谁服务"的原则，看到好人受到不公正的待遇，他总是不计报酬地为之奔忙，而如果当事人是恶棍，即使酬金丰厚，他也不予理睬。

如此这般，其他律师对于詹姆斯·罗德·皮尔庞特这样的做法，自然是无法容忍的，很快，他只好又离开了律师的职位，做了一名推销纺织品的商人。

可是，在竞争残酷的生意场上，他总是因为心地仁慈而使对手获利，让自己吃亏。最后，他只好又当了牧师，想引导人们的心灵走向善良。

直到詹姆斯·罗德·皮尔庞特去世，在他八十一年的生命时光中，可以说，他几乎光阴虚度，一事无成。

然而，每当圣诞节里《铃儿响叮当》那轻松欢快的旋律在空中飘荡时，人们总能想起他。

詹姆斯·罗德·皮尔庞特或许没有想到，他一生中偶尔为之的一部作品居然产生如此巨大的影响，这与他个人的人生遭遇产生了强烈的反差。

其实，詹姆斯·罗德·皮尔庞特从来没有因为自己人生中的许多失意

而放弃过自己的追求,他始终坚信生活是美好的。

再后来,父亲告诉我他为什么会在我未降临人世给我唱这首歌,是因为詹姆斯·罗德·皮尔庞特在几十年人生里,他没有消极颓废,更没有放任自流,尽管他在许多领域都被那些品行低劣的人排挤得无法容身,但这并不能说明他的人生理想就失去了价值和光彩。

父亲说:生活也许会让心怀美好理想的人遭受磨难,但生活绝对不会抛弃美好的心灵,生活也总是喜欢美好的事物的。

也正是因为如此,詹姆斯·罗德·皮尔庞特这个心灵美好的人才能谱写出如此优美动听的歌曲,穿越漫漫时空,洗涤着我们的灵魂,震撼着我们的心房。

话扯远了,还是就此打住吧。

无论什么歌曲、音乐浸润和潜移默化,却无法改变十九年前我将要莅临人间的残酷命运。母亲在即将生我的时候再次难产,家人都明白这绝对不是一件好事情。

就在两年前,母亲也是在古镇的这家医院妇产科里,我那尚未降临人间的姐姐死于母亲腹中,缺医少药、技术低下的乡镇医院,人们通常认命,父亲执意闯进病房,一遍遍抚摸着身体渐渐冰冷的姐姐遗体,流着泪唱着歌——

"电闪雷鸣,

天公不道,

我逆天行。

破了天,

毁了地,

只为与你相见,

只是你也被遗弃在天地之间。

回头去，

你已消失在无形之中。

难以相寻，

只得以死，

黄泉相伴……"

十九年前，我和母亲的生命，似乎又一次都在阎王爷手心里攥着。

一天，两天……三天过去了，我愣是不挪窝，母亲更是被折磨得死去活来，父亲无奈，只得紧紧地拉着妈妈的手，用他那低沉浑厚的男中音，一遍遍为母亲唱着《莫斯科郊外的晚上》——

"深夜花园里四处静悄悄

只有树叶在沙沙响

夜色多么好

令人心神往

多么幽静的晚上

小河静静流微微泛波浪

河面泛起银色月光

依稀听得到

有人轻声唱

在这宁静的晚上

…………"

接生的大夫忍不住指责父亲："都啥时候了，孕妇与孩子性命难保，你还有这份闲心唱歌，喊！"

父亲只好老老实实地回答："没别的，就想让我的孩子和他（她）妈

妈都平安。"

听到这话，母亲苍白的脸上浮现出了笑容，她渐渐停止了呻吟，只是长长的指甲却深深地嵌进了父亲的肉里。

黎明时分，父亲终于盼来了我的哭声，那一声哭啼，清脆悦耳，仿佛是父亲坚强不屈的心音！

母亲不无自豪地对我说："冰冰，是你父亲的歌声救了咱娘俩啊！"

于是，我也终于知道，是父亲的歌声唤醒了在母亲腹中昏昏沉睡的我。

日子，就这样悄无声息地来，也就这样平平淡淡地去。

高兴的是，我快乐的童年是在悦耳、快慰的歌声中度过的。

虽然，我拥有台式录音机、随身听，家里还有一套高级音响设备，加上一大堆各式各样内容丰富的录音磁带，使我在成长的路上一直享受着歌声和轻音乐，特别是父亲的歌声，至今令我难以忘怀。

因为，我的父亲本身就是一盒盒令人心醉录音的磁带或是一张张激情永驻的光碟，每每下班，只要父亲一跨进我们栖身的那座小院，歌声就随之飘扬，余音袅袅，沁人心脾——

"今天我寒夜里看雪飘过

怀着冷却了的心窝飘远方

风雨里追赶

雾里分不清影踪

天空海阔你与我

可会变

多少次迎着冷眼与嘲笑

从没有放弃过心中的理想

一刹那恍惚

若有所失的感觉

不知不觉已变淡

　　…………"

　　父亲唱歌时嗓音低沉，充满磁性，许多大陆、港台和外国歌曲，好多在当时我并不大懂，但优美的旋律却让我久久难忘，以至于我后来差点成为一名校园歌手。

　　孩提闲暇之时，父亲也会在书房里教我唱歌，但多是一些正统的歌曲，比如《学习雷锋好榜样》《歌声与微笑》《让我们荡起双桨》《听妈妈讲那过去的事情》等。

　　这期间，尽管我们一家的日子过得极其普通平常，但由于父亲在教我唱歌的过程中，还教会了我如何在艰难的日子、在平淡的日子、在忧伤的日子里寻找快乐，创造快乐，让自己时时刻刻充满自信与活力。

　　记得上小学那阵子，有一次学校搞一次大合唱比赛，班主任指名道姓要我担任领唱。

　　虽然我从幼儿园小班开始登台表演，也不会怯场，但从未作为大合唱领唱的角色登台亮相，还是让我感到胆怯，思来想去地拿不定主意，只得回家向父亲请教。

　　父亲告诉我，领唱就是安排在齐唱或合唱的开始部分或中间部分的独唱，因该独唱具有引领众人歌唱的作用，故称"领唱"。

　　父亲还说：当然，演唱圈内也把独唱者亦称"领唱者"，由一人至数人担任。领唱形式在我国民间的集体劳动歌曲中经常采用，如劳动号子等，自然在大合唱与齐唱歌曲中也常有领唱的形式。

　　最后，父亲不紧不慢地对我说："冰冰，你会唱的，只要你会唱，不妨昂起头闭上眼大声地唱！"

　　这一招果然很灵验，我旁若无人昂首挺胸地往学校大舞台上一站，似乎是面对空空荡荡的大操场，微闭着眼睛将演唱水平发挥到了极致——

两粒种子，一片森林

跨世纪的金鼓敲起来，

跨世纪的银号吹起来

跨世纪的星星升起来，

跨世纪的火炬举起来

跟着太阳，跨世纪，

拥抱明天，新世界，

手挽手，朝前迈，

我们是跨世纪的新一代……

　　后来我才知道，我第一次登台领唱的歌曲《跨世纪的新一代》，父亲非常重视，他其实那会儿就坐在台下，而且差点把两只巴掌都拍红了。

　　这以后，我几乎完全秉承了父亲爱唱歌的天性，渐渐也是曲不离心，词不离口，在歌声中幸福地怀念过去的好日子。比如，我小学毕业以语文成绩第一、作文满分而以全免费的资格考入"四川省第一初中"——绵阳东辰国际学校。在这个"贵族学校"里，我天天听着《感恩的心》，不由得心潮起伏，百感交集，时常独自唱了起来——

我来自偶然

像一颗尘土

有谁看出我的脆弱

我来自何方

我情归何处

谁在下一刻呼唤我

天地虽宽

这条路却难走

我看遍这人间坎坷辛苦

我还有多少爱

我还有多少泪

要苍天知道

我不认输

感恩的心

感谢有你

伴我一生

让我有勇气做我自己……

就这样,我在这首歌里寻觅到了一块美丽的芳草地,塑起了一种愉悦、豁达、淡定的人生观,开创了一片未来的辉煌。2008 年"5.12"大地震后,我顺利考入国家级重点高中、诗人贺敬之的母校——绵阳南山中学。2011 年,我又顺利考入四川大学。

我知道,父亲的歌声和我自己的歌声,几乎成了我生命中的重要一部分。

年岁大了,身体差了,父亲不再像他年轻时那样用歌声贯穿他的生活,但他还是会在忙碌之余少不了亮上几嗓子——

梦回莺转,

乱煞年光遍,

人一立小庭深院。

注尽沉烟,

抛残绣线,

恁今春关情似去年?

袅晴丝吹来闲庭院,

摇漾春如线。

停半晌整花钿，

没揣菱花偷人半面，

迤逗的彩云偏。

我步香闺怎便把全身现……

　　那天，我正在书房里看书，忽然听到父亲这几段唱词，居然是昆曲《游园惊梦》！他怎么也和我一样爱上了昆曲？

　　原来，我高中忙碌之中，酷爱古典的我总是偷闲唱昆曲来放松身心，久而久之，竟然像模像样，颇受老师和同学的青睐和鼓励。我喜欢昆曲的原因也很简单——

　　据说这昆曲，发源于十四五世纪苏州昆山的曲唱艺术体系，糅合了唱念做表、舞蹈及武术的表演艺术。而今眼目下的昆曲，一般亦指代其舞台形式——昆剧。

　　昆曲以鼓、板控制演唱节奏，以曲笛、三弦等为主要伴奏乐器，主要以中州官话为唱、说语言。

　　昆曲作为民族的瑰宝，在 2001 年被联合国教科文组织列为"人类口述和非物质遗产代表作"。

　　还据说，明朝汉族音乐以戏曲音乐为主，明代人称南戏为《传奇》。明代以后，杂剧形渐衰落，《传奇》音乐独主剧坛，兼收杂剧音乐，改名昆曲……

　　每当我放月假回家，总少不了唱几段昆曲，父亲见我如此钟情，便也偷偷学习演唱，日复一日，那演唱功夫也有几分味道。

　　有一次，我们父子俩居然在练歌房一起演唱了昆曲《玉簪记》——

秋江一望泪潸潸，

怕向那孤篷看，

这别离中生出一种苦难言。

恨拆散在霎时间，

都只为心儿里眼儿边，

血儿流把我的香肌减，

恨煞那野水平川，

生隔断银河水，

断送我春老啼鹃……

　　我记得返家途中父亲说了这样一句话："唱歌，儿子跟老子学；唱戏，老子跟儿子学。唱歌也好，唱戏也罢，都是好东西呢，比茶浓郁，比酒甘醇啊！"

　　我暗想，这是父亲用一生的经验填写的词啊！

　　夜阑人静，我小心地打开 MP4，戴上耳麦，在古典音乐《素还真》、《遇见鱼玄机》描绘的空间里慢慢地步入梦乡。

　　其实，经过十九年的风雨沧桑，岁月更迭，成长的生活明明白白地告诉我，一个懂得歌唱的人，才是一个懂得生活、心怀美好的人。父亲啊，您就是这样的人！

　　我亲爱的父亲，虽然我目前远离了家乡，但多么渴望再听你唱一首歌，一段戏，一首曾点燃我理想之光的老歌，一段会激发我爱国爱民族的戏曲！

两粒种子，一片森林

春色在江南　画船听雨眠

——漫步江南之散笔

巴子城头青草暮,巴山重叠相逢处。

燕子占巢花脱树。杯且举,瞿堂水阔舟难渡。

天外吴门青雪路,君家正在吴门住。

赠我柳枝情几许。春满缕,为君将入江南去。

——北宋·张先《渔家傲》

前段时间得闲,平生第一次去了一趟梦中的江南。

足迹留在了上海、扬州、杭州、绍兴、苏州、无锡、南京,数日里走马观花,天天皆有收益,是为快哉!

我以为,在这些个城市当中,只有苏州、杭州在传统上便可以称之为"江南",这里是江南形胜的集中体现和最好诠释。

行走于苏州、杭州,其人杰地灵令人高山仰止,历史底蕴凝重,民族浩气长存,让我久久不得反刍与回味。

初到江南,面对江南,相信你、我、他都会用全部身心去感受、感觉和感悟,目极八荒,神游千年间,直至身心入定,神融江南。

那激活我们一切的,是江南钟灵毓秀的光彩照人,是历史千年梳理的百感交集,在昭示中华文明气度的文化面前,有谁又不会被深深折服呢?

江南,在人文地理概念中特指长江以南,在不同的历史时期,江南的文学意象不尽相同,隋唐以来常与山明水秀、文教发达、美丽富庶联系在一起。

在历史上,江南是一个温婉秀丽的地区,它反映了古代人民对美好生活的向往,是人们心目中的世外桃源。

上海师范大学刘士林教授认为,江南文化是一种相对独立的区域文化,从审美文化的角度看,江南文化的本质是一种诗性文化。也正是在诗性与审美的环节上,江南文化才显示出它对儒家人文观念的一种重要超越。由于诗性与审美内涵直接代表着个体生命在更高层次上自我实现的需要,所以说人文精神发生最早、积淀最深厚的中国文化,是在江南文化中才实现了它在逻辑上的最高环节,并在现实中获得了较为全面的发展。

于是,有人说:江南文化是一种意境文化,一种诗情文化,一种画意文化,一种韵味文化,一种秀美文化。它蕴含在山水花木月夜晨昏之中,在雨露岚雾中缠绵,有着禅意般的美丽。它是中国文化的重要组成部分和地方文化的杰出代表。

…………

沧海桑田,时异事变。当江南进入新世纪已经十多个年头,非常想看看江南是如何发展经济的同时,又更好地继承着那一份宝贵的历史文化遗产,继而从人文的角度,给江南多一些关怀与关照。因为笔者在沿途的所见所闻,当时有一种“江南不再”的杞人忧天的怅然,却一直萦绕着我脑际,无法返回过去。

南屏晚钟午间鸣
——杭州净慈寺散记

南屏晚钟，西湖十景之一。"南屏晚钟"即指杭州净慈寺傍晚的钟声，其名盛矣。

南屏晚钟，是西湖十景中问世最早的景目。北宋画家张择端曾经画过《南屏晚钟图》。尽管此图远不如他的《清明上河图》那么蜚声画坛，但却被记载于明人《天水冰山录》中。

南屏山北麓的净慈寺，创建于五代后周显德元年（954），距今已有一千多年历史，是吴越国王钱弘叔为供养南山佛教开山祖师永明禅师而建，原名"慧日永明禅院"，地处怪石参差，宛若屏障的南屏山涧。

南宋时，该寺改名为"净慈禅寺"，与灵隐寺，昭庆寺，圣因寺并称"西湖四大丛林"。

净慈寺初建时就设钟楼一座。明代洪武十一年（1378），嫌旧钟太小，重铸一口重达十吨的巨钟，因钟声洪亮，再加上寺后南屏山多空穴，所以晚钟敲响，钟声更是穿穴回荡，传播山谷，远飘大半个杭城。清康熙南巡时，以天将破晓，"夜气方清，万籁俱寂，钟声乍起，响入云霄，致足发人深省也"之由，改称"南屏晚钟"。

....

此时此刻，在下窃想，雷峰塔夕照之下，南屏晚钟声声，似催倦鸟归林，眼前鸟翅泛金，羽羽斜阳而降，耳畔寺僧撞钟，缕缕暮色四起。

钟声不疾不徐，悠长怡然，俨然佛家心声。

独对一泓湖水，静静聆听声声大吕，默默领悟自然与人生，让我的情愫随着清远的钟声对接人和自然。

不经意之间，一步进得西湖，未到南屏，便听得钟声骤响，时间尚未到中午。遂急急前行，欲寻得其中缘由。不料想，南屏钟声连续不断，且时而洪大，时而细小，亦无悠悠之感。

入得寺庙之内，便见到大钟前人队逶迤不绝，市声嘈杂。我上前细细查寻，见大钟旁边赫然竖立一块大牌，上曰：撞钟一次，收费×元。我不禁愕然：晚钟声声起，非是人心古！此音非彼音，从此世间无南屏！

于是，我败兴而出，耳畔钟声依然。我想，众多的人喜欢聆听南屏钟声（虽然不是晚钟），寺庙僧人推出数元一撞钟，也算按市场经济需要，宛若周瑜打黄盖——两厢情愿、两相满意之举，我等自然无可厚非，无可指责。

只是闻名遐迩的"南屏晚钟"形虽在，情惘然。作为千古一景，连同其间的意境，从此不再。

一路胡思乱想，一路怅然若失，而钟声仍声声不息。我听出了钟声里的铜臭、世俗、浮躁，以及对心路对良知和文化传承的戏弄与把玩。

随即，我不由自主地念叨着袁宏道的大作——《莲花洞小记》，其文曰"……每一登览，则湖光献碧，须眉形影，如落镜中。六桥杨柳一绺，牵风引浪，萧疏可爱。晴雨烟月，风景互异，净慈之绝胜处也……噫，安得五丁神将，挽钱塘江水，将尘泥洗尽，出其奇奥，当何如哉！"

夜半海潮看枫桥
——苏州寒山寺小记

枫桥夜泊，自唐朝以来，响彻千古。

寒山寺在苏州城西阊门外五公里外的枫桥镇，建于六朝时期的梁代天监年间（50~519），距今已有一千四百多年，原名"妙利普明塔院"。

唐代贞观年间,传说当时的名僧寒山和拾得曾由天台山来此住持,改名寒山寺,曾是我国十大名寺之一。

寺内古迹甚多,有张继诗的石刻碑文,寒山、拾得的石刻像,文徵明、唐寅所书碑文残片等。寺内主要建筑有大雄宝殿、庑殿(偏殿)、藏经楼、碑廊、钟楼、枫江楼等。

传说拾得后来还远渡重洋,来到"一衣带水"的东邻日本传道,在日本建立了"拾得寺"。

寒山、拾得的问答名句在佛教界和民间广为流传,影响甚广:"寒山问拾得世间有谤我,欺我,辱我,笑我,轻我,贱我,恶我,骗我,如何处治乎? 拾得曰:只是忍他,让他,由他,避他,敬他,不要理他,过十年后,你且看他!"

唐代诗人张继举棹归里,夜泊枫桥,一首《枫桥夜泊》脍炙人口,寒山钟声传播中外。

在藏经楼南侧,有一座六角形重檐亭阁,这就是以"夜半钟声"闻名遐迩的钟楼。

钟楼为二层,八角。楼下石碑为重修寒山寺时所立,正面碑文为程德全所撰,碑的背面刻有重修寒山寺时募捐者的名字。

传说张继诗中的钟,就是悬于原来这里的钟楼楼上。但现在的钟楼建筑和这里的钟都不是唐代的了,现在这口钟是清代光绪三十二年(1906)重铸的,距今有一百多年的历史。目前的钟楼也是新中国成立后按原样修复的。

《枫桥夜泊》诗石刻碑文"月落乌啼霜满天,江枫渔火对愁眠。姑苏城外寒山寺,夜半钟声到客船。"这是唐代诗人张继写的。

传说诗人张继去唐时首都长安(今西安)赴考后,落第返回时,途经寒山寺,夜泊于枫桥附近的客船中,夜里难以成眠,听到寒山寺传来的钟声,有感而作。

据说《枫桥夜泊》这首诗在日本几乎家喻户晓,日本的小学生把这首诗作为课文来讲授和背诵。今天,日本人到苏州旅游,也无不以一睹张诗碑刻为快。

有人告诉我,寒山寺的僧人撞钟以要敲一百零八下,有两种含义:一是说每年有十二个月、二十四节气、七十二候(五天为一候),相加正好是一百零八,敲钟一百零八下,表示一年的终结,有除旧迎新的意思。二是依照佛教传说,凡人在一年中有一百零八种烦恼,钟响一百零八次,人的所有烦恼便可消除。

每年除夕之夜,中外游人云集寒山寺,聆听钟楼中发出的一百零八响钟声,在悠扬的钟声中辞旧迎新,祈祷平安。

…………

今日莅临寒山寺,其离人之情,旅人之感,顿时融入仍在的寺庙、拱桥和江水,其情其景,早已是物是人非。千载之下,尤其令人遥想当年霜天疏钟的意境,引来无数人的共鸣。

如此想来,张继先贤当时吟哦之时,并不如我等所谓小辈文人的那样栖居一般的诗意,但那小小的七绝,流传古今中外,流传今生后世,定能继续传诵不衰,其中的生活哲理、人情世故,包容的内容与内蕴确是够我们感怀、借鉴的。

环绕寺庙另有其他见闻,运河人工的一直延伸环绕寒山寺,河堤、寺庙院墙虽然修葺一新,却再无枫树招展。时过境迁,想来此处也再无渔火。

寒山寺前一条街道,鳞次栉比的几乎全是饭店餐厅,河畔民居破旧,同张继诗歌中的意境相去甚远。

漫步踱进寒山寺,未见"一自钟声响清夜,几人同梦不同尘"的寒山寺大钟,便听得那一声声悠悠荡荡的钟鸣。

岂料寒山寺的大钟与南屏晚钟的大钟竟然是同一的命运,我又见一块大牌,上书击钟一响,收费 × 元。真是人心不古,世风日下,道德沦丧,

第二辑 两粒种子,一片森林
Liang li zhong zi yi pian sen lin

金钱至上,两者如出一辙!

随行朋友愤愤不平地告诉我,更有甚者,多年前一首取材于"枫桥夜泊"的流行歌曲曾风靡一时,传唱时,虽是情真意切,哀怨婉转,可那"情"和"意"的载体显然已经不是当年的枫桥和夜泊了。朋友继而又说:如果我们只能在声色犬马、灯红酒绿的朦胧中,从那首渐行渐远的流行歌曲的浅吟低唱中,去诠释江南的民族文化,那真是传承的无奈与悲催了!

我边听边想着,自张继的《枫桥夜泊》问世,历代文人墨客为寒山寺刻石刻碑者不乏其人。

据《寒山寺志》载,《枫桥夜泊》诗的第一块诗碑,为宋代王硅所书。此碑因屡经战乱,寒山寺多次被焚而不存。至明代重修寒山寺时,画家文徵明为寒山寺重写了《枫桥夜泊》诗,刻于石上,这是第二块《枫桥夜泊》诗碑。

此后,寒山寺又数遇大火,文徵明手书的诗碑亦漫漶于荒草瓦砾之间,现在嵌于寒山寺碑廊壁间的文徵明所书残碑,仅存"霜、啼、姑、苏"等数字而已……

临别之时,久久凝视着几个残存的字迹,我禁不住唏嘘不已。

天上仙都是绍兴
——绍兴古城今昔

言及绍兴,必定想到大文豪鲁迅先生。这或许是很多人奔往绍兴的初衷吧?

绍兴,乃世界文化名城,也是春秋越国、吴越国、南宋等朝代的古都,有"华夏风流、国之东门、泱泱大邦、商贾巨富、天上仙都"的美誉,表达了古往今来的人们对这座华贵之城的由衷赞美。

王羲之兰亭盛会、陆游钗头凤、西施浣纱和梁祝化蝶更令绍兴充满浪漫色彩,作为浙江历史文化中心和经济强市,绍兴是联合国人居奖城市,民营经济活力第一城,中国品质民富强市和重要交通枢纽。

迈向东海的绍兴,着力构建区域经济中心、商贸物流中转集聚地,打造国务院定位国际文化旅游城市,这里重塑着"越中蔼蔼繁华地,仙都难画亦难书"的形象。

从华夏龙脉的大禹陵到赵宋王朝的宋六陵,从灭吴北上称霸的越国到东山再起的谢安,从飘逸旷达的魏晋风流到湖山锦绣的唐诗之路,从六朝最为富庶繁华的"泱泱大邦、海内巨邑"到隋唐富甲天下的"国之东门、海之西镇、东南第一大都市",从北宋"方制千里的东南大都会"到南宋的"故都风华、天下巨镇",作为江南政治经济文化中心的绍兴,正在回归昔日荣光。

绍兴是唯一融"中国山水"和"诗画江南"于一体的东方名城,自古有"东南山水越为首,天下风光数会稽"的美誉。

绍兴是公认的"山清水秀之城、历史文物之邦、名人荟萃之地"。山水之美,堪称翘楚。历史上李白、杜甫、白居易、孟浩然等四百多位著名诗人都留下了赞美会稽山镜水的绚丽诗篇(唐诗之路)。

作为首批中国优秀旅游城市,绍兴共有国家级和省级风景名胜区8个,有三千六百多处文化遗存和国家级非物质文化遗产,被誉为"一座没有围墙的博物馆",尤以山水风光、古城风貌、人文景观为王牌特色。

大文豪鲁迅先生也是绍兴人,他的作品包括杂文、短篇小说、评论、散文、翻译作品,对于"五四运动"以后的中国文学产生了深刻的影响。

毛泽东主席评价他是伟大的无产阶级的文学家、思想家、革命家,是中国文化革命的主将,也被人民称为"民族魂"。

鲁迅先生一生写作计有六百万字,其中著作约五百万字,辑校和书

信约一百万字。

1918 年 5 月，先生首次以"鲁迅"做笔名，发表了中国文学史上第一篇白话小说《狂人日记》（收录于《呐喊》）。鲁迅先生的小说、散文、诗歌、杂文共数十篇被选入中、小学语文课本，小说《祝福》（选自《彷徨》）《阿 Q 正传》（收录于《呐喊》）等先后被改编成电影。

北京、上海、广州、厦门、浙江等地先后建立了鲁迅博物馆、纪念馆等，同时他的作品被译成英、日、俄、法等五十多种文字……

应该说，鲁迅故居纪念馆总的来说还是很不错的，其中包括了百草园、三味书屋。

但是，我不知道是不是因为受制于"故居"的限制，我感到鲁迅先生彪炳于世的形象和影响并没有得到充分和全面的体现。

让我诧异的是，反倒是开设的"咸亨酒店"高朋满座、座无虚席，连门前的空地也不断添加桌椅板凳，不间断地安顿就餐的客人。

大概早已经完成了原始积累，故而在传统的曲尺形柜台酒铺后面，又兀立起了一座颇具规模的现代化气魄的大酒楼。

就我所见所闻，虽然此间的食客大多是去体验鲁迅先生笔下的意境与故事，领略绍兴黄酒和孔乙己的下酒菜——茴香豆，但听食客兴致飞扬的谈话内容，不由得暗自思忖："不知现在读鲁迅先生书籍的人有没有品尝食品的人多？"

鲁迅先生极具精神感召的道德文章和敢于直面人生的伟大人格所形成的"精神文明"，带来了超乎其上的"物质文明"的繁荣，这是必然，还是衍生品？这是幸事，还是异化？我一时间真的感觉十分茫然与困惑。

窃以为，以鲁迅先生作品中的人名作为商品名和店面招牌名，无可厚非，时下也已经很普遍，我等也见惯不惊，习以为常了。可就有越雷池者、吃螃蟹者冒天下之大不韪，竟然使用鲁迅先生大名冠之。与其谓之

"开发资源"，不如说是在出卖先贤！

有人向我透露，前些年当地严禁以鲁迅先生名头用于商业性的商品、商店的商标注册或改为字号名称，但这一切颇让人有了一定庆幸，但又不免生发出一丝丝苦涩。

至日长为客　风俗自相亲
——散记在羊城经历的冬至节

天时人事日相催，冬至阳生春又来。刺绣五纹添弱线，吹葭六管动飞灰。岸容待腊将舒柳，山意冲寒欲放梅。云物不殊乡国异，教儿且覆掌中杯。

——杜甫《小至》

曾经在搜狐网上看过一篇文章，说的是冬至节的种种有趣传说与历史掌故，可不知为什么，有关冬至的话题至今我还记得清清楚楚。

冬至，在我国是一个非常重要的节气，也是一个很重要的节日。古有这样记载："斗指戊，斯时阴气始至明，阳气之至，日行南至，北半球昼最短，夜最长也。"

俗话说：吃了冬至饭，一天长一线。早在汉代曾把冬至作为公定节

日,文武百官皆可放假一天。

在我国宝岛台湾,则有"冬至过大年"的说法,他们把这一天比作过年一样重要。每逢"冬至节"家家户户搓汤圆,而且把冬至的汤圆分成红、白两种,按老辈人的说法:不吃金丸(红汤圆)、银丸(白汤圆),不长一岁。

在我的记忆中,号称"味在四川"的巴蜀大地上,一般都是举家"冬至吃羊肉汤"。有人说,这吃羊肉的习惯,充分证明我们川人比北方人对自己要好很多,最起码在饮食上是这样。

感受壮族人的酒规

莅临羊城的那一日,姨父阿龙打电话告诉我老爸,说今天是冬至节,要过小年,他们壮族亲友晚上准备了家乡的酒菜,要为我们一家接风洗尘,另外还要了解我们的巴蜀文化,与我和老爸这两个所谓的文人斗酒、对对联。

我答应了对对联,老爸答应喝酒,但我们要求他们必须为我讲述一下他们冬至节的奇特酒规和冬至打边炉。

我知道壮族人善饮,对老爸劝道:酒,其形如水,而性情暴烈,饮之无节、无制,则内可伤人之脏腑,外可乱人之肢体,使人神昏智迷。因而,今晚必须要对饮酒加以限制,治酒万胜于治水!

晚上,我、老爸、老妈与舅舅赴约,看到壮族人拜访在桌子上的酸鹅、油炸猪肝、广西鱼丸、壮家蒸肉等传统菜肴,更看见好多瓶壮族米酒。

我们的话题由此而展开。

壮族同胞饮用自家酿造的米酒,浓度低,淡薄醇香。

姨父说,每每冬至及节诞喜庆,在壮族家庭的宴会上,少不了酒。

据说壮族人饮酒,还有一些不成文的酒规——

姨父介绍说,他们壮族人在冬至节先饮开席酒,各款菜式全部上桌,主人宣布开席,先往地上洒一点,表示驱邪或敬土地;有的则摆上寿杯,以敬祖先。

上了年纪的客人,喜欢用右手中指沾酒在桌面上画一个圆圈,表示万事胜意圆满。

然后,酒宴的主人才举杯,请大家开饮。

其实,饮多饮少,可随各人酒量。可以象征性地饮一点,但不得不饮,不饮就被视为无礼。

首饮式完毕,主人举筷夹些好菜给长者,其他客人则自己夹食。

自此之后即可"自由饮",嗜酒者一杯接一杯,最好是自己掌握酒壶,边饮边斟;不胜酒力的人可以不饮,只管吃菜喝汤,但不能把酒杯倒盖桌上,这是藐视主人无酒,要罚饮三杯酒。

姨父告诫我和老爸,千万不能将手里的竖直筷子插在菜上或米饭里,那样的话,他们会觉得是对其最大的不敬,使开席酒陷入低潮。

接下来就是敬客酒,我们席间主客几杯酒下肚又吃过一些菜后,姨父他们的十几个亲戚开始向客人——我老爸敬酒。

这时,姨父的堂哥又讲了起来,说酒要斟满杯,先敬长辈,主人右手持杯,左手扶主客人的肩头,一饮双杯;长辈以一杯回敬,但不必搭肩。

之后敬平辈客人,如果是一般朋友,则相邀举杯,各饮双杯;如果是深交朋友,则互相捉肘饮"交手酒",你饮我的,我饮你的,互饮双杯。

如果提议多饮几杯,须有理由,一般来说,主客均可提出良好的祝愿。"饮了这杯酒,冬至出入平安"、"来年六畜兴旺"等语,要杯杯有名堂,寄以良好祝愿。

对于晚辈,主人举杯后同时饮下。

敬酒完毕,继续吃菜,自此之后则"主随客便"了,这一套酒规,一般不适用于女客人。姨父的堂哥说完这话,带头开始敬我老爸了,这一圈下来,人称"酒神"的老爸一共喝下了二十多杯。

第三步就是码酒。大家饮到六七成，我们都基本吃饱了，就开始猜码。

姨父见我老爸不会，便应先邀舅舅开猜，说这叫作"码引"。

两人"码引"完毕，姨父又讲解道，其实在主客两人之间、客人与客人之间，都可同时进行猜码，这样喜庆热闹的气氛达到了顶点。

这个余兴时间，因我不好饮酒，我便与姨父的堂哥对起对联了，他一连出了二十几条上联我都对上了，他为了让我遭罚酒（罚酒就让我老爸喝）就出了一副"绝联"——江河湖海波涛涌，我脱口而出一句——寂寞寒窗空守寡。

姨父的堂哥说我的对联虽然可以，但气势不够。

我却辩解说，你那上联大气，我这下联阴柔，而且偏旁一致，这样一阴一阳，相得益彰嘛！

随后的酒规是罚酒，所有的罚酒都只是针对我老爸的，对我这个学生他们也网开一面。

姨父的堂哥解释说，罚酒其实是对早已约请来赴宴，但不及时入席者的一种处罚。

迟到者入席后，主人不让先吃菜，而要饮酒三杯，这三杯酒称为"罚酒"，由主人一杯一杯地带强制性地给饮。

当然，这只是对酒量大的朋友才这样，如果是兄弟，叔伯、亲戚或干部就不勉强了。

姨父的堂哥"阴险"地笑道，罚酒，是表示主人邀请客人赴宴的诚意。

最后一项是揽颈酒。

主讲人依然是姨父，他与我老爸干了一杯啤酒后叙述说，揽颈酒是主人对他的"同年"或"老翁"（同名相好者）的礼规。

揽颈酒可以在敬客时进行，也可以在酒酣时进行。饮时，两人平排站好，你揽我的颈，我揽你的颈，然后各人抽出一只手拿酒杯，你给我饮，我给你饮，同时饮下，一般只饮一杯，以表示手足情谊。这种饮酒方法有时也用来敬外来客人,以表示亲热、好客。

说罢,姨父又分别与老爸和舅舅揽颈饮下一杯啤酒。

这样的"精彩"镜头,早已被在一旁的我用数码相机拍摄下来……

我发现,壮族家庭用的酒杯很小,做主人的要时刻注意给每一位客人斟酒,保持酒杯常满。你一饮干,或饮了一半,主人会马上又给斟满。

舅舅也告诉我,通常在壮族人的在冬至宴会上,不会使不胜酒力的客人醉倒,常常烂醉如泥者,均是平时嗜酒者和猜码不服输的人。

看来,过量饮酒无益,损害健康的道理正在逐步被壮族人认识,酗酒者已不多见。

壮族火锅——打边炉

说过冬至的饮酒,当然还得说说壮族人冬至的饮食了哦。

身材魁梧,两眼有神,出生广西壮族之乡,且又曾是海军陆战队员的姨父阿龙的话很多,真是"话是酒撵出来的,兔子是狗撵出来的",他有滋有味地对我们讲起了冬至节"打边炉"的来历。

他说,每当北风起的冬至来临,姨父他们壮族金色水乡的百姓,把一年的收成堆在谷围里,而劳累了整年的人们,现在变得清闲,收入可观,精神也爽朗了。这时,他们邀来老友,三五成群,在家里举行"高级乡宴"——打边炉。

当壮族亲友准备的传统菜肴吃得差不多的时候,姨父端上了电磁炉,放上一只不锈钢大盆,盆内加上精心熬制的汤料,再放入一些能吃的美味佳肴,于是我们开始打起了边炉。

打边炉的内容很丰富,以鱼为主,也有鸡肉、牛肉,却都切成薄片,还有海蜇、鲜虾、蚝、蟹等。配料用姜丝、酱油、蚝油、咸菜、酸菜、柠檬叶、葱

蒜芫荽等。

姨父说,他们传统边炉用的是木炭炉、瓦煲,摆在地下,吃友搬来矮凳,围炉而坐,边谈边吃。

如今,壮族老百姓富裕了,有些人买了铜质火锅,或用电炉、电饭煲和电磁炉,因此边炉也从地下"升级"到桌面上来了。

但是,壮族同胞还是比较喜欢在地下围炉而坐,这样更随和,偶尔来多一两个人,也容易加位,凳子不够,蹲着吃也无所谓,只要酒逢知己,饮得开怀。

此时此刻,满脸红霞飞的姨父不住地大声嚷嚷:"菜不够,继续加,酒不够,再斟添。"

这帮壮族亲友三杯落肚话就多了起来,今年的好收成,明年的新打算,传闻逸事,家事国事天下事,东南西北,海阔天空,无所不谈。

酒,一杯接一杯,烟,一支接一支,烟在诱神,酒在发作,血在沸腾,神态变了,动作随便了,话题也放肆了。

姨父喝多了,便手舞足蹈,天旋地转,他还"口出狂言":什么三星五星级的酒楼宾馆,还是我们壮族的边炉好,实惠便宜,随便舒服,醉了就吐,吐完便可在床上睡。

我也赶紧附和一句:是哦,住在宾馆也忌手忌脚的,那能如此尽情谈吐呢!

在这里,壮族亲友们可以筷舞声嘶:"温酒斩华雄"、"三碗不过冈"到"李白斗酒诗百篇"、"何以解忧,唯有杜康"。

没完没了,这样的冬至"乡宴",从黄昏延续到了三更半夜。

酒气慢慢地退了,趁着酒的余兴,又有新的话题,壮族水乡的新变化,游香港澳门游新马泰的新鲜感受,改革开放,民族和谐……典型事例来自本乡本土,他们反刍着理解与深化,直抒理想与胸怀,兴尽而散。

哦!别有风味和乡土特色的冬至打边炉。